貪婪之羊

強欲な羊

美輪和音
王華懋 譯

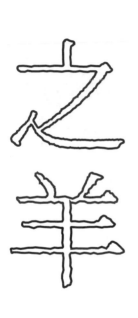

目次

出版緣起
恐怖（Horror）是絕佳的娛樂／5
總導讀
你的後面或許有人，那又怎樣呢？／7
貪婪之羊／15
悖德之羊／67
無眠夜之羊／131
斯德哥爾摩之羊／183
獻祭之羊／249

出版緣起

恐怖（Horror）是絕佳的娛樂

獨步文化編輯部

人類爲什麼愛讀恐怖小說，愛看恐怖電影？

一手打造二十世紀之後最廣爲人知的恐怖小說世界觀「克蘇魯神話」的美國作家H.P.洛夫克拉夫特曾經說過，「人類最古老而強烈的情緒，是恐懼；最古老而強烈的恐懼，是對未知的恐懼。」可是在畏懼的同時，我們卻又忍不住要去揣摩想像，那未知的彼端究竟有些什麼在蠢蠢欲動。也因此，人類自古以來，就不停地講述恐怖、描寫恐怖、觀看恐怖，乃至於享受恐怖。就像「百物語」這個耳熟能詳的遊戲，明知講完一百個鬼故事，吹熄一百根蠟燭後，可能會有某種未知的存在到訪，人們仍然熱中於此，樂此不疲。這種害怕並期待著、恐懼並享受著的複雜情緒，不正是恐怖永遠是絕佳娛樂的證明嗎？

許多作家長年以來持續地描寫這股「古老而強烈」並且十分複雜的情緒，成爲了歷久不衰的文學類型，當然在日本也不例外。從歷史悠久的江戶時代怪談，到現在的小說、漫畫，從電影到電玩，各種恐怖（Horror）相關產品不停出現，持續演化，成爲日本大眾文化重要的組成元素，和推理小說並列爲日本大眾文學的台柱。許多台灣讀者熟悉的作家，如：京極夏彥、宮部美幸、小野不由美等等，也都發表過許多精采絕倫、引人入勝的恐怖小說。藉由他們的努力，恐怖小說也不斷進化、蛻變，展現出各種不同的風貌。

將好看的小說介紹給台灣讀者，一直是獨步文化最重要的經營方針。早在創社之初，獨步便有經營日本恐怖小說的計畫。和推理小說同樣有著長遠歷史以及多元發展的日本恐怖小說，所帶來的樂趣完全不遜於推理小說。在數年的努力之下，多采多姿的日本推理小說在台灣獲得許多讀者的喜愛與肯定，我們認爲現在正是邀請台灣讀者來體驗另外一種同樣精采迷人的閱讀樂趣的好時機。

經過縝密的規畫，獨步推出全新的恐怖小說書系——「恠」。引介最當紅的日本恐怖小說家，非讀不可的經典恐怖小說，期望帶給你一種宛如夏夜微風，輕輕拂過頸後的閱讀體驗。

總導讀

你的後面或許有人，那又怎樣呢？

曲辰

且讓我假設你現在是獨自一人坐在房間裡翻看這篇導讀，那麼，我懇求你，暫時放下這本書，閉上眼睛，傾聽你所能聽到的最細微的聲音。

想像一下，那些爬搔聲、撞擊聲、腳步聲或是隱隱的呼吸聲究竟來自哪裡。你眞的確定那些聲響來自窗外嗎？或者，你以爲是浴室的漏水聲，其實是某人緩緩潛入你家，躡手躡腳地企圖闖進你的房間呢？

H. P. 洛夫克拉夫特說：「人類最古老而強烈的情緒，是恐懼；最古老而強烈的恐懼，是對未知的恐懼。」這邊的未知可不僅止於你從未去過的歪扭小鎭，畢竟你怎麼知道閉上眼睛，你的房間到底還是不是原來的樣子？

於是，爲了探索你閉上眼睛後這個世界的樣貌，恐怖小說誕生了。

裸體美婦脫掉了那層皮，成為一個骷髏

有人認爲，小說源自古代人們圍坐在火堆邊講故事的形式。想像一下那個畫面，似乎很容易理解爲什麼小時候參加營隊，總會有個晚上莫名其妙輪流講起鬼故事，然後在一陣戰慄中結束彼此嚇自己的行爲。恐怖小說的起源或許就是這樣的。

在西方文類而言，恐怖小說（horror fiction）一般都是自哥德小說（註）（gothic novel）開始劃分，畢竟具備「不斷探索邊界」意義的哥德小說，本身就有展現未知之境的功能，進而演化出「讓人感到恐怖的虛構小說」這樣的定義。也因此，我們可以說西方的恐怖小說誕生於「一個威脅性的祕密，一個古老的詛咒，以及奇妙的大宅，與纖細的女主角」這些哥德式的要素，從而構成日後西方恐怖小說的基本條件，也就是你總是要「觸犯」某個結界似的空間，你才遭遇到恐怖。

要在此說明的是，「恐怖小說」如果我們稱之爲一種文類（literary genre），似乎是一種外來的類型文學，但就像奇幻小說（fantasy）先以外來文類的姿態進入華文世界（如《龍槍編年史》、《魔戒》等西洋文本），讀者在理解這些文本是被劃分到「奇幻」的文類範疇的同時，也針對某種內在特徵相符的概念（如「超現實」、「人神共處」）繼而回溯到

如《封神演義》、《西遊記》這類的中國古典小說脈絡中。但在台灣，講到「恐怖小說」，應該所有人都會聯想到如《聊齋誌異》之類的中國特有文學類型。

日本也是一樣，早在「恐怖小說」（ホラー）這個詞出現之前，屬於日本自身的恐怖形式就已存在。

撬開棺材，一個嬰兒正蜷縮在母親屍骨上沉沉睡去

日本恐怖小說的前行脈絡大致可分為三種。

一是日本從室町幕府以來就有的「百物語」傳統，大家聚集在一起講鬼故事，據說講滿一百個鬼故事就會有不可思議之事發生，後來更進入通俗讀本中，並轉進歌舞伎、落語等等大眾娛樂發展；一是佛教的傳入，僧侶為了講述艱澀的教義，因此擷取佛經中的譬

註：Gothic最早是指日爾曼民族中的哥德人，後逐漸變為中古時期的形容詞。十八世紀，理性主義與啓蒙運動影響英國，文學作品多半具有強烈的現實性，這時哥德小說成為對抗那種理性主義的存在，於是，不管是不是把背景設定在中世紀，都可看見如同夢魘般的恐懼感，裡頭充滿對異世界的探討與渴望。

喻，結合日本原有的風土民情，創作出屬於日本在地的教喻故事（註一），特別是佛教的因果思想與日本原有的泛靈信仰（註二）合流，許多帶有靈異色彩的口傳故事逐漸流傳開來；最後是文人創作，如淺井了意《伽婢子》或上田秋成《雨月物語》，他們一方面承襲佛教的因果輪迴觀點，一方面改寫中國的志怪小說，將之書面化、在地化，催生出屬於日本的恐怖書寫形式。

但眞正在二十世紀初對這樣的恐怖脈絡進行總整理的，則是一個希臘人Patrick Lafcadio Hearn，他比較爲人所知的名字是「小泉八雲」。他以一個外來者／異邦人的視角，敏銳地發現上述脈絡，於是對當時盛行的恐怖書寫形式進行整理，結合書面與口傳文學的特色，「翻譯／改寫」成英文發表出去。而後翻回日文，進而對日本自身的恐怖小說傳統造成影響。

也就是在他的總結中，怪談有別於歐美恐怖小說的部分被凸顯，除了西方未有的強烈因果信仰與「靈」的形式外，與歐美恐怖小說總是喜歡讓主角「誤觸險地」不同，日本怪談中洋溢著日常性，恐怖本來就存在我們生活周遭，並非人刻意闖入，只是「剛好」碰觸到現世與他世的邊界。更重要的，或許是怪談中那種強調「氣氛」而非實質暴力或恐怖行爲的恐怖描寫，日後甚至透過日本恐怖電影（J-horror）反過來影響歐美的恐怖電影，成爲日本難得「文化逆輸入」的範例。

吃完牛排打開冰箱，男友的頭擱在裡頭正瞪著我

在小泉八雲對江戶以來的怪談傳統進行總整理後，明治末期受到歐美心靈科學流行的影響，怪談又掀起一波熱潮，只是這時怪談逐漸受到理性的壓抑，於是建立了「尋找解釋」的模式，改變怪談原本不需理由就遭遇恐怖的敘事方法。而後七〇年代流行的靈異節目、照片等等，更讓怪談本身的「怪異」爲理性籠罩。

於是，雖然這段時間流行怪談，但多以鬼故事形態的「百物語」形式出現，幾乎沒有稱得上是虛構文類的「恐怖小說」。這段期間恐怖小說得依附推理小說生存，或反過來說，推理小說成爲培植恐怖小說的土壤。

同樣是恐怖文本的恐怖電影史，曾經被人形容爲「在本質上就是二十世紀的焦慮史」，恐怖小說也是，這個文類其實準確地反映當代人的集體恐慌。所以，九〇年代初

註一：這種形式在中國唐朝時期就有了，我們稱之爲「講唱」，後來更成爲宋朝時期的「說話」。

註二：一種信仰形式，並非一神或多神，而是相信凡物皆有靈，凡靈皆可成妖怪或神。

期，由於泡沫經濟與當時的社會主義大崩壞，那個「解決可能性」（一切社經相關問題皆有可能解決）的時代已經過去，取而代之的則是「解決不可能性」（一切問題皆不可能解決）的時代逐漸顯露。加上八〇年代史蒂芬．金的作品被翻譯進入日本，在某些閱讀族群中獲得相當熱烈的歡迎與反應，日本才開始書寫「現代恐怖小說」。

日本文藝評論家高橋敏夫認爲，我們在「搭乘現代社會這個交通工具時，偶然與恐怖小說共乘」，恐怖小說中描繪的非眞實場景正巧形成一個相對於現世的參照系統。於是，日本現代恐怖小說在承襲怪談傳統的同時，也針對現代人的感性結構反映出現代社會的情況。描寫那些潛伏日常生活的細節、在習以爲常的城市角落發生的恐怖，過去從未見過的人際疏離、科技恐慌、對宗教與心靈的質疑，在這個時候都陸續進入恐怖小說中。

一九九三年，角川成立恐怖小說書系以及恐怖小說大賞，「恐怖小說元年」正式成爲宣傳詞，從此，日本恐怖小說開始在出版市場有著一席之地。

地球上最後一個活人獨自坐在房間裡，這時響起了敲門聲

如今，二十一世紀都過了第一個十年了，日本恐怖小說的類型也益發多樣化。

怪談方面，由京極夏彥與東雅夫在《幽》雜誌上提倡的「現代怪談」運動正如火如

茶，京極不僅積極賦予傳統怪談現代風味與意義，也積極創作「在日常的都市縫隙中遇到非常的怪異」的現代怪談；木原浩勝與中山市朗則復古地學習「百物語」，到處收集鬼故事並改寫成「新耳袋」系列，兩邊可說是從不同方向延續怪談這種日本文類的命脈。

現代恐怖小說方面，角川的恐怖小說大賞則繼續挖掘具現代感性的優秀恐怖小說（註），不僅有帶科幻風味的貴志祐介、小林泰三、瀨名秀明，強調日式民俗感的岩井志麻子、坂東眞砂子，走獵奇風格的遠藤徹、飴村行，或是強調現代清爽日式風格的朱川湊人、恒川光太郎。創作遊走在各種類型之間的恐怖小說家也愈來愈多，三津田信三在推理與恐怖之間架起高空鋼索，走在上面展現他精湛的說故事技巧；藤木稟則是將日式奇幻的華麗色彩，結合西方的哥德原鄉，進而開創屬於自己的風格。到這階段，日本的恐怖小說可說是應有盡有。

講鬼故事有一個基本技巧，就是在聲音愈壓愈低的時候，要忽然拔高，喊著「那個人就在你後面」，用氣勢震駭聽眾。可是如今的恐怖小說，早就沒那麼簡單了，「你的後面

註：其實這個獎本身就有很傳奇的事件，從第一屆起，就有「單數屆的恐怖小說大賞一定會首獎從缺」的都市傳說，直到第十三、十四屆連續從缺才打破紀錄。不過到第十八屆又從缺，不知道之後會不會變成偶數屆從缺。

有人」是前提，接下來會發生什麼事，才是重點。

就像在名爲恐怖小說的森林地上長滿眞菌一般，乍看陰沉而茫濛，但當你習慣夜色、找到對的觀看角度，才會發現他們款擺出誇張、陰濕、幽微、鮮豔、各式各樣不同的顏色與姿態，而那些東西加總起來，便是我們內心不欲人知的另一半世界。

猜猜看，閉上眼睛後，你的世界會變成怎樣？

曲辰，現居打狗，認爲推理小說與恐怖小說剛好是現代文明的一體兩面，所以都要攝取以保持營養均衡。不過被恐怖電影嚇到時，會惱羞成怒地抱怨導演技巧拙劣，看到太可怕的恐怖小說會在晚上的夢中把結局扭轉，這樣才能保持身心的健康。

貪婪之羊

啊，您醒啦，太好了！感覺怎麼樣？哪裡會痛嗎？

難道您不記得昨晚的事？從警局回來後，您隨即醉昏過去。您說想喝點烈酒，於是我端來波旁威士忌。您一口氣喝乾，便像灘爛泥似地……

您在警局被問了許多問題，想必疲憊不堪，這也難怪。

或許眞如坊間謠傳，這幢宅子受到詛咒。一對親姊妹，居然成爲殺人命案的被害者與加害者……

麻耶子小姐有如大朵玫瑰般冶豔，性情剛烈；沙耶子小姐則如同櫻花般嬌羞夢幻，溫柔可人。

如果告訴認識她們的人，其中一方死於另一方之手，十個人裡面，有十個都會認爲是姊姊麻耶子小姐殺害沙耶子小姐吧。

然而，實際上，在六角形的閨房床上表情扭曲、抱著便便大腹斷氣的卻是麻耶子小姐，沙耶子小姐成爲殺害姊姊的嫌犯，遭警方帶走。

麻耶子小姐向來問題多端，懷孕期間仍照常在睡前飲酒，但在最後一刻，她還是發揮母性本能，試圖保護肚裡的孩子。

麻耶子小姐房間裡的醒酒器，驗出農藥巴拉刈。爲了防止誤飲，這種農藥添加臭味劑，十分嗆鼻。若是聞得到那氣味，應該不會把散發惡臭的酒液喝進口中……是的，麻耶子小姐幼時得過副鼻腔炎，有嗅覺障礙。

雖然是一樁令人心痛的悲劇，但即使聽到醒酒器上驗出沙耶子小姐的指紋、在沙耶子小姐的閨房找到裝巴拉刈的瓶子，我還是難以置信。如天使般慈愛的沙耶子小姐，怎麼可能動手殺人？

您在警局見到沙耶子小姐了嗎？果然，警方不讓您們相見。沙耶子小姐一定非常害怕。若是能夠，我眞想替她受苦。

沙耶子小姐認罪了嗎？眞凶應該另有其人。

不只是沙耶子小姐，那天晚上在屋內的人，都有機會在麻耶子小姐的醒酒器裡摻農藥，不管是我、女傭志津，或深夜歸來的恭司先生。志津說，幾天前才目擊麻耶子小姐與恭司先生夫妻失和，激烈大吵……

這種話實在不該輕易出口，但一直以來，麻耶子小姐對沙耶子小姐極盡刁難之能事，就算被殺也不奇怪。我自幼和兩位小姐一起生活，一切都看在眼裡。即使如此，沙耶子小姐依然袒護麻耶子小姐，「姊姊是生病了。」沙耶子小姐眞是慈愛又寬容。

您想聽聽兩人以前的事？這樣好嗎？說來話長，而且不是什麼動聽的往事，或許會妨礙您休養。

啊，不可以勉強！光是要坐起來就挺難受吧？您的臉色很糟，請先歇一下。這裡十分幽靜，儘管寬心休息。老爺以前也在這裡靜養過。若覺得冷，我再添一件毯子……您還好嗎？

好的，我明白。既然您那麼想知道，我恭敬不如從命。

不，這不是什麼需要正襟危坐聆聽的事，請您躺著吧。是啊，或許說著說著，可以找到證明沙耶子小姐清白的線索。

第一次見到麻耶子小姐的那天恍如昨日，歷歷在目。那一年我十歲，所以是距今二十年前的事，真是歲月如梭。

由於在眞行寺家幫傭的母親猝逝，老爺收養無依無靠的我。

當初被帶到這裡，我連話都說不出，只是茫然自失。我在狹小的地方長大，宅邸的寬闊與豪華震懾我的心神，像一個人被拋進異世界，連老爺對我交代什麼都渾然不覺。這時，一道歇斯底里的少女叫聲響徹屋內：

「不要就是不要！」

我渾身一震，以爲自己挨罵。

一陣粗魯的腳步聲衝下樓梯，緊接著，書房的門「砰」一聲猛然打開。出現在門口的，是小我兩歲的麻耶子小姐。

麻耶子小姐的漆黑大眼燃燒著怒火，甩動齊肩的黑髮，白色洋裝包裹的身軀彷彿噴發出不耐煩。儘管如此，她仍美得教人屏息。

十歲的我心想，公主登場了。

啊，這裡是城堡，難怪會有公主。麻耶子小姐就是如此高貴、神聖，和我看過的繪本中的公主一模一樣。

麻耶子小姐約莫根本沒把我放在眼裡，她凌厲的眼神只瞪著老爺一個人宣布，「打死我也不穿這麼醜的衣服出門！」那件洋裝胸口有個可愛的藍色小蝴蝶結，款式高雅，襯托出麻耶子小姐的美，我完全不懂她爲何不滿意。老爺遭麻耶子小姐的氣勢壓倒，忘記責備她沒敲門就進來的無禮，安撫道：

「那件洋裝很適合妳啊，妳到底不中意哪一點？」

「全部！」麻耶子小姐回答，露出一點都不像八歲小女孩的妖豔表情厲聲說，「我要穿沙耶子那件！」

老爺深深嘆一口氣，打圓場似地介紹我，「從今天起，她也會住在這個家，妳們要好好相處。」

在麻耶子小姐那雙漆黑大眼的注視下，我覺得自己變成毫無價值的螻蟻。當時我穿著滿是毛球的紅毛衣，和母親髒兮兮的褐長褲，當然不合身。一想到在唾罵那件美麗洋裝的麻耶子眼中，我會是什麼模樣，眞想立刻消失。我幾乎要拜倒般地低著頭，麻耶子小姐開口：

「這件衣服送妳，妳穿比較適合。」

我詫異地抬起頭。雖然不知所措，但那句話眞的讓我非常開心。若是能從這麼美麗的人手中，得到如此漂亮的洋裝，該有多美好！我瘦得像皮包骨，個子甚至不及比我年幼的麻耶子小姐，應該穿得下那件洋裝。或許是看透我眼裡的渴望，麻耶子小姐冷不防脫下洋裝扔向我。洋裝遠遠偏離我坐的沙發，掠倒老爺喝到一半的咖啡杯，掉在波斯地毯上……

我只是茫然凝視著，黑色污漬在純白洋裝的胸口逐漸擴大。

「哎呀，對不起。」麻耶子小姐笑著道歉。

現在我懂了，麻耶子小姐是故意的。至於爲什麼，當然是要傷害我。

聽到吵鬧聲，老夫人和夫人現身。老夫人是夫人的母親，是本地的大地主，執掌這個家。一看到我，老夫人明顯一臉嫌惡，夫人更是彷彿撞見髒東西。儘管還小，我仍明白自己不受歡迎，甚至遭到排斥，頓時覺得羞愧不已。

然而，沙耶子小姐——躲在夫人背後，提心吊膽窺望的沙耶子小姐，只有她一對上我的視線，便露出開心的微笑，有些靦腆地點頭致意。

看著沙耶子小姐通透白皙到略帶病態的皮膚，及美麗的亞麻色長髮，我不禁聯想到降臨人世的天使。相較於華貴的麻耶子小姐，她的五官美得內斂，散發楚楚可憐的氣質，讓人不自覺想守護她。姊妹倆僅相差一歲，但比起成熟的麻耶子小姐，沙耶子小姐顯得年幼、可愛許多。

正看得出神，忽然察覺一道強烈的視線，一抬頭，只見穿襯衣的麻耶子小姐瞪著我和沙耶子小姐，目光刺人。然後，她指著沙耶子小姐大叫：

「我要穿那件衣服，除了那件以外都不要！」

當時我眞的大吃一驚。因爲沙耶子小姐身上的白洋裝，和剛才麻耶子小姐脫掉的衣服，款式一模一樣。

不過仔細一瞧，只有一個地方不同。沙耶子小姐胸口的小蝴蝶結不是藍色，而是粉紅色。

最後，麻耶子小姐換上那件洋裝出門。經過這場騷動，原本預定同行的沙耶子小姐發起燒，臥病在床。沙耶子小姐患有哮喘，體質孱弱。

不知爲何，麻耶子小姐對沙耶子小姐懷有異常的嫉妒心。

只要沙耶子小姐得到麻耶子小姐沒有的東西，麻耶子小姐絕不會放過，立刻動手搶奪。忘記是什麼時候，有一次老爺去歐洲旅行回來，給麻耶子小姐買了美麗的孔雀綠胸針，而沙耶子小姐的禮物則是藍眼珠的洋娃娃。沙耶子小姐非常喜愛那個長得像自己的洋娃娃，取名爲「沙耶」，十分珍惜。但幾天後，那個洋娃娃變成麻耶子小姐的。我驚訝地詢問沙耶子小姐，回答的卻是麻耶子小姐。

「是沙耶子給我的。沙耶子，對吧？」

沙耶子小姐一臉悲傷，一句話也說不出。

然而，麻耶子小姐並不是想要那個洋娃娃。

她不是想要擁有它，只是想把它從沙耶子小姐手中搶過來。

沒多久，長得像沙耶子小姐的洋娃娃就被丟掉，藍眼珠挖出、手腳四分五裂，模樣慘不忍睹……

沙耶子小姐向老爺哭訴，老爺責罵麻耶子小姐弄壞洋娃娃，但麻耶子小姐眉頭不皺一下，滿不在乎地說：

「我才不會做那麼野蠻的事。」

搶走洋娃娃的是麻耶子小姐。如果不是麻耶子小姐，會是誰弄壞的？可是，她那樣斬釘截鐵地否認，好心腸的老爺無法再逼問。

當天晚上，我去沙耶子小姐的房間，想安慰她。

沙耶子小姐頗爲開心，我們在暖爐前愉快地閒話家常。

沙耶子小姐非常愛書，擁有許多裝幀精美的昂貴繪本。她說只給我一個人看，讓我欣賞她最珍惜的一本。

那繪本叫《貪心的狼與好心的羊》。

貪得無厭的狼謊稱快餓死，吃光朋友小羊家中的食物。這樣還不夠，狼又吃掉盤子、鍋子、桌子，甚至門板。所有能吃的都吃光後，狼把朋友小羊也吃進肚裡。狼總算心滿意足，想約小羊去散步，但小羊不見蹤影。這是當然的，小羊早被牠吃掉。最後，孤伶伶的狼無法忘記小羊，希望小羊再對牠好，便撕開自己的肚子，是一則有點可怕的故事。不過，插圖非常棒，尤其是可愛的小羊身上純白的毛，就像軟綿綿的棉花糖，難怪狼想吃掉牠。小時候，我曾用臉頰去蹭那感覺軟綿綿、暖呼呼的羊毛，沒想到竟傳來滑溜溜、冷冰冰的觸感，嚇得哭出來。

沒錯，我讀過一樣的繪本，是父親送給我的。得知這個巧合，沙耶子小姐驚喜不已。那似乎是日本很難買到的珍貴繪本。

實際上，拿繪本給我的是母親，我不確定真的是父親準備的禮物。因爲我只有母親……

我們一起讀著繪本，房門突然打開，麻耶子小姐走進來。下一瞬間，繪本便落入麻耶子小姐手中。

那是沙耶子小姐的寶貝繪本，請還給她。我懇求粗魯翻頁的麻耶子小姐，只見她唇畔浮現老成的笑，說如果我答對問題，就把繪本還給沙耶子小姐，接著，她將翻開的繪本拿到我面前。

左邊一頁是吞下盤子的狼，右邊一頁是遞出鍋子的小羊。

「妳覺得沙耶子是哪一個？是小羊，還是狼？」

我毫不猶豫地回答，「小羊。」

不管怎麼想，沙耶子小姐都不可能是狼，而是善良的小羊。

「眞可惜，答案是這個。」

麻耶子小姐冷笑著，「唰」地撕下狼的那一頁，將繪本扔進燃燒的暖爐。事情發生在轉眼之間，根本來不及阻止。

「妳這個傻瓜，沙耶子是狼啊。繼續當她是小羊，妳也會被吃掉。」

麻耶子小姐抓住我的手，硬拖出房間，還把揉成一團的狼的那一頁，擲向看著暖爐淚流不止的沙耶子小姐臉上。

從此以後，我不得不跟在麻耶子小姐身邊，隨侍在側。她用美麗的眼睛注視我，命令我陪著她，我無法拒絕。一開始，我以爲麻耶子小姐中意我，其實並非如此。她完全當我是下人。

麻耶子小姐只是看不順眼我跟沙耶子小姐要好，想從她身邊搶走我而已。

即使如此，我仍會背著麻耶子小姐，偷偷前往沙耶子小姐的房間。爲了排遣寂寞，沙耶子小姐沉迷於手工藝。沙耶子小姐手很巧，不管是編織或刺繡，每一樣成品都極爲精美，一點都不像出自孩童之手。

沙耶子小姐使用的裁縫箱，也是她親手做的。打開貼上花布的小籃子，裡面是一座繽紛花園。剪刀和頂針等所有裁縫工具都裝飾著花朵，嫩綠針山上排列著綴有立體花卉的五顏六色珠針，猶如百花盛開的小丘。與其說是裁縫工具，更像是沙耶子小姐的精心作品之一。

沙耶子小姐正在製作一個軟綿綿的可愛布偶，和繪本中的羊一模一樣。我非常期待成品，但幾天後造訪沙耶子小姐的房間，布偶卻仍未完工。我詢問沙耶子小姐，她說寶貝裁縫箱不見了。想必是麻耶子小姐擅自拿走吧。

「沙耶子小姐，爲什麼不討回來呢？」

「姊姊也許要用啊。」

麻耶子小姐怎麼可能會使用裁縫工具？麻耶子小姐和沙耶子小姐不一樣，笨手笨腳，最討厭瑣碎的手工。前幾天，她連把線穿過針孔都沒辦法，於是大發脾氣，把家政課的作業全推給我。

當天晚上，我拜託麻耶子小姐，說如果是她拿走沙耶子小姐的裁縫箱，請物歸原主。

「我拿那種東西幹什麼！」

麻耶子小姐冷不防推我一把，害我差點從樓梯摔下去。

但我還是不放棄，趁著麻耶子小姐不在，偷偷翻找她的房間。

搶走沙耶子小姐的東西後，麻耶子小姐便心滿意足，總是隨便亂丟，我以爲能夠很快找到裁縫箱……然而，拚命找遍每一處，卻不見沙耶子小姐的裁縫箱蹤影。

或許是我懇求麻耶子小姐的緣故，幾天後，一項物品以意外的形式回到沙耶子小姐身邊。

那天，宅邸中只有麻耶子小姐和沙耶子小姐兩個人，我端出大人親手做的泡芙，沙耶子小姐吃得津津有味，卻突然喊痛，哭了出來。仔細一瞧，她的唇間竟流出血。可怕的是，沙耶子小姐拿到的泡芙裡居然藏了針——一支綴著立體花朵、色彩繽紛的珠針。沒錯，就是沙耶子小姐被搶走的裁縫箱中的珠針。

我反射性地望向麻耶子小姐。直瞅著沙耶子小姐的麻耶子小姐，一注意到我的視線，驚訝地搖頭否認，「不是我！」眞是了不起的演技。麻耶子小姐反過來指責我，認爲端泡芙給沙耶子的人才可疑。確實，那顆泡芙是我放在沙耶子小姐愛用的小花碟子上，但我把泡芙放在廚房，先送茶壺和茶杯到客廳，因此麻耶子小姐也能神不知鬼不覺地輕易把針塞進泡芙。

我無法相信麻耶子小姐，大概是流露出懷疑的眼神。麻耶子小姐看著我，豆大的淚珠忽然奪眶而出。

「爲什麼懷疑我？爲什麼不肯相信我？」

她的淚水打動我。當時，麻耶子小姐是那麼悲悽哀傷、楚楚可憐，瞬間迷倒我。麻耶子小姐哭著低喃：

「是沙耶子幹的，這一定是沙耶子自導自演。」

我詫異地反問這是什麼意思，麻耶子小姐說：

「沙耶子是披著羊皮的狼，她想奪走我的一切。」

接著，她放聲大哭。我急忙輕撫她的背，那雙淚汪汪的大眼睛轉向我：

「只有妳相信我，對吧？」

我反射性地點頭，連自己都大吃一驚。天使般的沙耶子小姐怎麼可能做出那種事？儘管理智上明白，我的心卻受到麻耶子小姐蠱惑。在那雙眼眸的注視下，我怎麼有辦法搖頭？

平日，我總納悶老爺和夫人爲何那樣嬌縱麻耶子小姐，謎團終於解開。麻耶子小姐的淚水具有魔力，看到的人根本無力招架。

我覺得麻耶子小姐也很寂寞。夫人和老夫人似乎都只關心體弱多病的沙耶子小姐，不太理會麻耶子小姐。

然而，即使如此，也不能傷害別人。沙耶子小姐驚嚇過度，好一段時間都食不下嚥。難道麻耶子小姐無法體會妹妹的傷痛嗎？後來，麻耶子小姐更是變本加厲，完全超過惡作劇與騷擾的界限。

沙耶子小姐一直想養寵物，在她的哮喘症狀稍稍好轉的十二歲時，這個願望首次成眞。

當藍色的虎皮鸚鵡送到房間時，沙耶子小姐開心得跳起來。小鳥取名爲泰迪爾，十分親近沙耶子小姐。或許是沙耶子小姐總和牠說話，不知不覺間，牠甚至學會人話。

「泰迪爾、喜歡、沙耶子。」

鳥的羽毛並未導致哮喘惡化，不僅如此，託泰迪爾的福，沙耶子小姐變得比以前開朗、有精神。看到開心談論泰迪爾的沙耶子小姐，對動物完全沒興趣的麻耶子小姐不禁感到羨慕，纏著老爺給她養寵物。

在沙耶子小姐心中，泰迪爾無疑是帶來幸福的青鳥。

然而，幸福的日子並不長久。

一天，我陪放學回家的沙耶子小姐走到房間，發現門開了一條縫。納悶地進去，只見鳥籠掉在地上，藍羽毛散落一地。沙耶子小姐瘋狂地呼喊泰迪爾的名字尋找牠，最後我在角落發現牠慘不忍睹的屍體。

泰迪爾背對我們倒在地上，臉卻朝著我們。頭可能被扭斷，以不自然的角度歪著，流出的血沾污美麗的藍羽毛。

我立刻猜到凶手。是貓，麻耶子小姐求老爺給她養的波斯貓。沙耶子小姐離開時確實關上了門。貓不會開門，肯定是有人開門讓貓進去。

沙耶子小姐哭著質問，但感冒請假在家的麻耶子小姐事不關己地說，貓一整天都和她待在房間。然後，她反過來逼問沙耶子小姐，要她拿出是貓幹的證據。看看那隻貓，身上沒有泰迪爾的血或羽毛，也許是牠自己舔乾淨了。由於麻耶子小姐要求證據，我擦拭沙耶子小姐的房間地板，試圖找到貓毛，但全是泰迪爾的羽毛，不知爲何，連一根貓毛都沒殘留。

即使從沙耶子小姐手中奪走的東西，由物品換成生命，麻耶子小姐也絲毫沒受良心呵責，泰然自若。面對她的殘酷，我心生一股莫名的恐懼。

中學畢業後，我立刻踏上護士之路。

我想爲沙耶子小姐，及同樣體弱多病的老爺有所貢獻。

在護士學校聆聽精神科醫生授課時，我第一次想到，麻耶子小姐可能是生病。醫生講解何謂心理病態，說明病患中有些人格異常者，會毫無罪惡感地傷害他人，或是犯罪。

這種人極端自我中心、容易發怒，完全不會內疚，所以不斷恣意做出殘忍的壞事。他們藉謊言操控別人，察覺事跡即將敗露，便假哭博取同情；若是質問他們，他們往往會惱羞成怒。這些特徵，不就是在描述麻耶子小姐嗎？尤其是「沒有良知」這一點，貼切指出我長年在麻耶子小姐身上感受到的不對勁。如果麻耶子小姐那些匪夷所思的怪異行徑和傍若無人的舉止，是因欠缺良知，一切都解釋得通。

缺少良知，又貪得無厭，就會奪取別人珍惜的事物。聽到這裡，我覺得麻耶子小姐屬於心理病態，已是無庸置疑的事實。

據說，這種人看到別人擁有自己沒有的好處，就會覺得不公平而嫉恨，並暗中陷害對方、毀掉對方，以使雙方地位平等。

我詢問講台上的醫師，怎樣才能治好這種病？答案是殘酷的。當時，心理病態被視爲無法矯正，醫師說爲了避免遭到毒手，只能遠離這種人，我不由得陷入絕望。體弱多病的沙耶子小姐，怎麼可能逃離姊姊麻耶子小姐？

後來，我涉獵各種書籍，吸收知識，但沒有任何一本書或文獻提到治療方法。

我找不到解決之道，猶豫著是否該告訴沙耶子小姐時，沙耶子小姐突然主動找我出門。

那是個寒冷的冬夜，冰冷的雨彷彿隨時會凍結成雪。

沙耶子小姐也許是心急，愈走愈快，途中發現不良於行的我落後，趕忙折回來扶我。沙耶子小姐是太擔心了——擔心她留在神社地板下的黑色小棄犬。小狗在箱子裡發抖，但一看到沙耶子小姐，立刻哼唧起來，搖著尾巴吃掉沙耶子小姐給的麵包。如果帶牠回家，不曉得麻耶子小姐怎麼對待牠。可是，把牠丟在這裡，小狗會禁不住寒冷生病吧。沙耶子小姐脫下開襟毛衣裹住小狗，悲傷地微笑。我想幫忙沙耶子小姐，於是絞盡腦汁，覓得一個可藏匿小狗的地點。

那就是老夫人居住的別館後方的小倉庫。幾天前，老夫人吩咐我去打掃。雖然是小倉庫，卻有六張榻榻米大。古董等重要物品都收藏在土倉庫，這座小倉庫只存放一些後方田地使用的農具，及老爺假日玩木工用的工具。

帶著小狗到小倉庫，沙耶子小姐對寬敞的空間十分滿意，開心地說「待在這裡就不怕冷」。我在紙箱裡鋪上舊毛毯，那隻像柴犬的雜種小狗高興地舔我的手。

把狗養在這裡，應該就不必擔心麻耶子小姐發現。麻耶子小姐很討厭嚴格的老夫人，絕不會靠近別館。老夫人或許會聽見狗叫，但老夫人溺愛沙耶子小姐，只要小姐懇求，便會答應收留。

那隻黑色小狗取名爲克羅伊。沙耶子小姐和我把小倉庫打掃乾淨，鋪上淡綠地毯，擺上沙耶子小姐做的羊布偶。那是一隻靠墊尺寸的大羊，與五隻小羊。沙耶子小姐放棄討不回來的花園裁縫箱，以新工具製作。克羅伊相當喜歡這些溫暖又柔軟的布偶。跟羊睡在一起的克羅伊，模樣眞是可愛。

克羅伊雖然嬌小，卻十分聰明，只親近我和沙耶子小姐。偷偷帶牠出去散步時，看到不認識的人，牠會警戒地狂吠不止。即使麻耶子小姐發現牠，想對牠不利，牠應該也會大叫，向我們求救。

每當受到麻耶子小姐傷害，沙耶子小姐就會去小倉庫和克羅伊玩耍，維持心靈的平靜。一天，沙耶子小姐對克羅伊低語「姊姊是騙子」，我問發生什麼事，她說原以爲弄丟的獨一無二的珍珠髮飾，竟別在麻耶子小姐的頭髮上。而且，麻耶子小姐還面不改色地宣稱是我給她的。沙耶子小姐珍惜的物品，我怎麼可能拿給麻耶子小姐？

我覺得還是非說不可，便告訴沙耶子小姐。

麻耶子小姐恐怕是生病。

聽完我的話，沙耶子小姐長嘆一口氣。從小，她就聽一些老傭人竊竊私語，說這戶人家好幾代以前生出精神有問題的女兒，當時宅邸內還有用來囚禁那位小姐的牢房。

「原來姊姊生病。那麼，我不恨姊姊。不好的不是姊姊，而是她的病。」

沙耶子小姐這樣回答。她的溫柔深深打動我，我暗暗想著，無論如何一定要保護她。

然而，終究還是出事了。

聽到沙耶子小姐的尖叫，我趕到倉庫，目睹宛如殘忍童話的情景。那些布偶羊，看起來就像活生生的羊——曾經活著的羊。有些腳剪掉、有些肚子剖開、有些頭砍掉，彷彿全流著血、倒在巨大血泊中翻滾。強烈的臭味撲鼻，我一陣噁心欲嘔。明明是羊布偶，卻散發出血腥味，讓我錯覺自己站在發生慘劇的農場前。

布偶羊怎麼會流血……？

沙耶子小姐一臉慘白，緊盯著一處，怔愣不動。

循著她的視線望去，我發現靠在牆邊的鋤頭和鐵鍬彼端，有罐貼著「巴拉刈」標籤的瓶子，旁邊倒著一團黑影。

沙耶子小姐想靠近，不小心撞到鐵鍬，但鐵鍬倒地的聲響沒傳進我的耳中，全遭沙耶子小姐的尖叫掩蓋。

是襲擊羊群的狼。不，雖然像狼，卻不是狼，而是狗，我們疼愛的小狗克羅伊。羊群流下的是克羅伊的血。克羅伊也倒在血泊中，如同繪本裡的狼，開腸剖肚——

笛聲般的尖嘯撕裂空氣，我頓時回過神。沙耶子小姐的臉痛苦地皺成一團，劇烈喘氣，顯然是哮喘發作。我立刻撿起沙耶子小姐的小提包，尋找吸入器，卻怎麼也找不到一向放在包包裡的吸入器。我翻過提包，把東西全倒在染血的地面，依然不見吸入器的蹤影……

沙耶子小姐呼吸困難，咳嗽著撓抓胸口，發作的症狀明顯比平常嚴重。我起身想去主屋找夫人求救時，瞥見血海中有一道反光。我不曉得那是什麼，但另一邊的羊肚子引起我的注意。靠墊尺寸的大羊，肚子呈現不自然的稜角。而且，沙耶子小姐當初用的是白線，只有那隻羊的肚子是黑線縫合。我跑過去，猛力撕開羊肚皮。不出所料，裡面是沙耶子小姐的裁縫箱，打開一看，花園中收著沙耶子小姐的珍珠髮飾和吸入器。

眞是千鈞一髮。沙耶子小姐十分感慨，當時要是我跑去主屋，她恐怕早就沒命。那場發作便是如此嚴重，甚至會危及性命。

離開小倉庫前我忽然想起一事，從血海中拾起反光的東西——那是麻耶子小姐的鑽石耳環。

老爺將麻耶子小姐喚到會客室，質問她爲什麼要做那種事。

「我不懂爸在說什麼。」

不論如何逼問，麻耶子小姐就是不肯坦承，始終傲慢地否認。然而，老爺一亮出在現場撿到的耳環，她像突然變了個人，潸然淚下——流下蠱惑人心的美麗淚水。

「不是我，有人設計我！對，是沙耶子幹的。一定是沙耶子故意陷害我！」

老爺打了麻耶子小姐。唯獨這次，老爺難以原諒她吧。畢竟沙耶子小姐差點送命。

麻耶子小姐生平第一次挨打，一臉迷茫地望著老爺。沙耶子小姐輕輕按住老爺的手，彷彿在請求他別動手，下一秒，麻耶子小姐情緒崩潰，露出魔鬼般猙獰的表情大叫：

「爲什麼每次都是我的錯？爲什麼沒人發現沙耶子的邪惡？爲什麼誰都沒識破她隱藏在綿羊假面具底下的漆黑本性！」

尖叫似乎益發引燃憤怒，麻耶子小姐唾罵著沙耶子小姐，不斷抓起會客室裡昂貴的花瓶和擺飾摔破。或許她已無法控制自身的情感，連代代相傳的家寶古壺、老夫人珍藏的古伊萬里陶瓷繪盤，全拿來砸壞。

「住手！」

尖銳的一喝震撼室內，也制止激動的麻耶子小姐。

老夫人帶著濃烈的白檀香膏氣味，神情嚴峻地現身。

老夫人緩緩環顧屋裡的慘狀，不容分說地靜靜開口：

「麻耶子，這個家跟妳斷絕關係。出去。」

或許您會覺得時代錯亂，但在眞行寺家，老夫人代表絕對的權威，縱然是她的親生女兒，夫人——當然老爺也不例外，都無法違抗。

麻耶子小姐深深嘆一口氣，看著老夫人反駁：

「我是長女，把我趕走，眞行寺家不怕後繼無人？」

「有沒有妳都無所謂，反正這個家有沙耶子。」

老夫人冷漠地丟下一句，換了個人般對沙耶子小姐溫柔微笑，帶著她回別館。

麻耶子小姐咬住嘴唇，目不轉睛地瞪著兩人的背影。那雙眼睛裡，憎恨滾滾沸騰，像是在挑戰，也像是自憐。

隔天，老夫人陳屍住處。

她是遭入侵別館的歹徒殺害。

第一發現者是沙耶子小姐。老夫人沒來用早飯，沙耶子小姐十分擔心，前往別館查看，目擊駭人的一幕。

老夫人的遺體少一隻腳。左踝被切斷，消失無蹤。

老夫人不信任銀行，在房間的耐火保險箱裡存放三千萬到五千萬圓的現金。當時保險箱打開，錢不翼而飛。只有老夫人知道保險箱密碼，連家人都不知道。

老夫人的左腳似乎是活生生遭砍斷，警方研判是歹徒為了問出保險箱密碼，才殘忍砍斷。

沙耶子小姐說，她過去時別館的玄關沒鎖。門窗鎖沒有遭到破壞的痕跡，從故人小心謹慎的個性來看，不可能忘記上鎖，極可能是老夫人讓凶手進屋。果真如此，便是熟人所為。但老夫人招待朋友，通常都使用主屋的會客室，再怎麼要好，也不曾請入別館，因此房裡只驗出老爺、夫人、麻耶子小姐、沙耶子小姐，還有我和志津的指紋。

老夫人不是在腳切斷時休克死亡，多活了一小時左右。凶手應該是趁這段期間問出密碼，一想到老夫人死前究竟承受多大的痛苦，我就害怕得全身顫抖。

怎麼？咦，腳尖覺得痛？怎麼會……？

啊，您是聽我描述，想像起那種痛楚了吧？所以才會有自己的腳也痛起來的錯覺……我懂那種毛骨悚然的感覺。是叫「幻痛」嗎？這樣啊，幻痛指的是失去手腳後，不存在的手腳感到疼痛的現象。那夫人應該不是幻痛，該怎麼形容才對？

自從目睹老夫人慘死，夫人就開始埋怨左腳隱隱作痛，走起路一跛一跛的。即使上醫院求診，左腳也檢查不出異狀，醫師認爲是心理作用，應該會隨著時間自然痊癒，夫人卻遲遲沒復原。

不僅如此，夫人的言行愈來愈不對勁，重複著「昨晚老夫人到我房間來」之類的話。雖然沒看見老夫人，但傳來老夫人身上的香味。有一種叫「靈臭」的現象，據說人死後，有時會嗅到那個人生前抽的菸味等等……

夫人深信，老夫人的鬼魂會來找她，是想申訴冤屈。

我認爲夫人是受到罪惡感折磨。

後來，凶手沒落網，追訴期就這麼過去。可是，沙耶子小姐一直懷疑，殺害老夫人的是麻耶子小姐。

雖然沒證據，但前天晚上發生那樣一場爭吵，加以老夫人猝逝，將麻耶子小姐逐出家門的事便不了了之。

聽到沙耶子小姐的話，夫人可能無法繼續否定對麻耶子小姐的疑心。如果生下自己的親愛的母親，是遭到自己生下的女兒毒手⋯⋯

在這種可怕的念頭驅使下，夫人進入麻耶子小姐的房間，尋找行凶的證據——失竊的現金或凶器。麻耶子小姐發現此事，母女關係幾乎決裂。

漸漸地，夫人不再提及聞到靈臭，卻開始宣稱老夫人打電話給她。一接起電話，老夫人便以低沉沙啞的聲音呼喊她的名字，痛苦地傾訴，我的腳好疼，好疼啊⋯⋯

讀過護校的我，不止一次建議帶夫人去看精神科醫生，但老爺似乎顧慮面子，置之不理。

爲了據說每晚打來的電話，夫人痛苦不堪，陷入憂鬱。

我懇求沙耶子小姐帶夫人去醫院，但沙耶子小姐懷疑夫人接到的電話不是幻覺，而是麻耶子小姐打來的。如同沙耶子小姐推測，似乎眞的有電話打來。要是有人打那種電話給母親慘遭殺害的夫人，實在是惡劣到難以置信的行徑。

沙耶子小姐認爲，做得出這般泯滅人性行徑的，只有心理病態的麻耶子小姐。

並且，沙耶子小姐懷疑「靈臭」也是麻耶子小姐搞的鬼。

老夫人喜歡抹白檀香膏，只要悄悄在夫人的房間地毯或寢具塗上相同的香膏，就能讓夫人以爲是老夫人到來。

然而，每一件事都沒找到麻耶子小姐下手的確實證據，時間就這麼過去。不，惡作劇電話並未停止，夫人被逼到受不了，喝農藥自殺。

沒錯，就是麻耶子小姐這次喝下的農藥，放在本來養著克羅伊的小倉庫裡的巴拉刈。

沙耶子小姐耗費四年的歲月，才眞正從夫人的死亡中振作起來。

取得護士資格的我，沒到醫院工作，選擇留在宅邸擔任老爺的看護。夫人的自殺，導致老爺身心受到重創。

您問是我幫助沙耶子小姐重新振作的嗎？

不，我沒有那樣的能力，一切多虧有榊先生。

沙耶子小姐爲了考大學，請來就讀國立大學的榊先生當家教。指導的過程中，兩人不知不覺萌生情愫。

向我表白兩人正在交往時，沙耶子小姐的神情幸福得像要融化。以男性而言，榊先生外表略嫌清瘦，是個纖細溫柔的美青年，兩人宛如天造地設的一對。

沙耶子小姐什麼事都毫不保留地告訴我，卻小心謹慎，不讓麻耶子小姐知道。

只是，麻耶子小姐不可能放過沙耶子小姐的任何一點變化。

高中畢業後，麻耶子小姐沒出去工作，帶著眾多男友四處遊玩。

一天，我送榊先生到外頭，發現一輛鮮紅敞篷車停在宅邸前，麻耶子小姐穿著和車子同色的豔紅迷你裙，走下副駕駛座。

面對麻耶子小姐的美貌，榊先生浮現驚訝的表情，看得出神。我向他介紹麻耶子小姐，榊先生觸電似地低頭行禮，再三吞嚥口水，顫聲自我介紹。

「有這麼棒的老師，眞羨慕沙耶子。請、多、指、教，呵。」

麻耶子小姐在榊先生的耳畔呢喃，雙手勾住他的脖子，輕輕摟住他。榊先生渾身僵硬，表情像被雷擊中。

太容易了。那一瞬間，麻耶子小姐完全奪走榊先生的心。

沒多久，榊先生就向沙耶子小姐提出分手。

得知男友遭姊姊搶走，沙耶子小姐不曉得多麼悲傷、多麼痛苦……

這次，我眞心建議沙耶子小姐逃離麻耶子小姐。幸好沙耶子小姐的身體大致恢復健康，她決定離開家裡，搬進短期大學的宿舍。

沙耶子小姐一離開，麻耶子小姐很快對榊先生失去興趣，輕易拋棄他。果然，她不是想擁有榊先生，只是想奪走妹妹的東西。

榊先生正爲麻耶子小姐瘋狂，無法相信她會忽然變心，被甩了後仍頻繁來訪。麻耶子小姐拒絕見面，榊先生十分頹喪，我不止一次陪他借酒澆愁，並安慰他、鼓勵他。

您問榊先生後來怎麼了？

他大學中輟，突然斷絕音訊，也許是去旅行療傷。吃足麻耶子小姐那種女人的苦頭，榊先生下回應該會挑選與她個性相反、溫婉文靜的淑女吧。

雖然搬出家裡，但沙耶子小姐住的宿舍，就在開車不到一小時的地方，所以我和沙耶子小姐經常見面，交換彼此的近況。

麻耶子小姐有一段時間前往東京，從事一些類似模特兒的工作，但似乎並不順利，最後回到家裡，遊手好閒。

另一方面，沙耶子小姐好一陣子無法從失戀的情傷中恢復，不過到十九歲，又展開新戀情。對方是爲沙耶子小姐治療哮喘的石神醫生。

兩人年齡恰恰相差一輪，但石神醫生是富有知性、魅力十足的成熟男子，我不禁放下心，認為沙耶子小姐這次一定能得到幸福。

兩人來見老爺，希望沙耶子小姐短大畢業就結婚。我將麻耶子小姐不在家的日子告訴沙耶子小姐，不料麻耶子小姐有所察覺。那天，麻耶子小姐沒外出，在家一起迎接石神醫生。

麻耶子小姐穿上典雅的和服，豐盈的黑髮挽得高高的，散發濃豔的成熟風韻。

看到麻耶子小姐的瞬間，石神醫生發出讚嘆。

石神醫生稱讚麻耶子小姐的美，麻耶子小姐的態度卻與榊先生那時不同，非常冷漠。石神醫生應該也發現受到冷落，不停拿手帕擦拭額頭的汗水。

見麻耶子小姐意興闌珊，沙耶子小姐和我都鬆一口氣，不過，那恐怕是麻耶子小姐的策略。

我不清楚麻耶子小姐如何勾引石神醫生，相同情況再度上演。

這麼一提，石神醫生的氣質與榊先生有些相似。

身為姊妹，連對異性的喜好都會相近。

幾天後，沙耶子小姐目擊麻耶子小姐與石神醫生同床共枕，當晚便割腕自殺。幸好傷口不深，保住一命。世上怎會有這樣的姊姊，一而再、再而三地搶奪妹妹的情人？

傷口痊癒後，沙耶子小姐前往京都。

這次她眞的逃離麻耶子小姐，在遠方展開新生活。

後來，傷害沙耶子小姐的兩個人，麻耶子小姐與石神醫生結婚。石神醫生住在這幢宅邸，通勤到市內醫院上班。新婚期間兩人爭吵不斷，不過大呼小叫、破口大罵的都是麻耶子小姐，石神醫生總是設法安撫……

大概是厭倦這樣的生活，或是認清麻耶子小姐的本性，感到害怕，不到一年，石神醫生就離開宅邸。據說，他沒通知任職的醫院，忽然下落不明，恐怕是精神方面出了狀況。

麻耶子小姐看起來落得輕鬆，沒尋找石神醫生，與她的跟班回到過去怠惰的生活。

您說我嗎？不，我一直是一個人，住在這幢宅邸服侍生病的老爺。夫人先一步撒手離世，老爺深受打擊。五年前的夏天，從輕井澤的別墅靜養回來後，連女兒都認不出……

我不可能拋下這樣的老爺嫁人。這是我對老爺最起碼的回報，而且我也很擔心沙耶子小姐。

有段時期，我還憂慮沙耶子小姐會像老爺那樣精神失常。

當時，麻耶子小姐奪走榊先生，沙耶子小姐的情傷未癒。

短大放暑假，沙耶子小姐從宿舍回家，卻在走廊失去意識，昏倒在地。

我嚇得搖晃她，她很快醒來，卻驚恐地盯著走廊一隅的冰箱，吐出可怕的話，冷凍室冰著老夫人的斷腳。

我大吃一驚，立刻檢查冷凍室，卻沒看到類似的東西。

沙耶子小姐說不可能，她確實親眼看見，還前去檢查，卻沒瞧見什麼斷掉的腳。

那冰箱是麻耶子小姐嫌屋子太大，到廚房拿飲料麻煩，要求設置的。除了麻耶子小姐以外，幾乎沒人使用。

當天，沙耶子小姐買來冰淇淋，想放進冷凍室，開門的瞬間竟發現白得像蠟一樣的一隻腳裝在塑膠袋裡，頓時嚇昏。

沙耶子小姐曾目睹老夫人的遺體，血淋淋的腿部斷面造成心理創傷，我擔憂她是產生幻覺。

可是，沙耶子小姐似乎有不同的看法，認爲果然是麻耶子小姐殺害老夫人，切下腳藏進冰箱。現在找不到老夫人的腳，是麻耶子小姐趁她昏倒之際，急忙處理掉。

老夫人是在六年前逝世，若是這段期間，腳一直藏在隨時可能打開的冰箱裡，實在不合理。

由於沙耶子小姐這麼說，後來我便十分留意那冰箱。當然，一次也沒發現斷腳。

一年前的冬天，沙耶子小姐接到老爺的訃聞，暌違七年回到宅邸。

如今回想，老爺走得眞是時候。要是老爺仍在世，就不得不親眼目睹親生骨肉相殘。雖然他可能已不認得她們是自己的女兒……

沙耶子小姐在京都成爲人偶創作家，獲得極高的評價。她製作全家的人偶，放進老爺的棺木後，流下淚水。

假如麻耶子小姐還是過去的麻耶子小姐，應該會嫉妒沙耶子小姐的活躍，巴不得將她從知名創作家的地位拉下來，徹底毀掉她的生活。

但麻耶子小姐也有重大轉變。沙耶子小姐想必十分詫異，麻耶子小姐居然會迷戀上一名男士，爲他傾心……

對象當然就是恭司先生。麻耶子小姐與她那群跟班男友去旅行，途中結識恭司先生，墜入愛河。性情反覆無常的麻耶子小姐竟會傾慕一名男士，實在令人難以置信，不過看到恭司先生的外貌，每個人都恍然大悟。恭司先生的祖父是法國知名畫家，本身是碧眼的四分之一混血兒，英俊非凡。不只是英俊而已，恭司先生非常溫柔，對待女性極爲紳士、優雅，還繼承祖父的資質，具備出色的繪畫才華。

麻耶子小姐讓出原本自己使用的、宅邸裡最好的大房間，給恭司先生當畫室。只要恭司先生開口，任何心願都努力爲他達成。從這一點也可看出，麻耶子小姐多麼認眞談這場戀愛。

兩人很快登記結婚，恭司先生以麻耶子小姐爲模特兒作畫——恭司先生筆下的麻耶子小姐少了咄咄逼人的氣勢，神情恬靜幸福。當然，麻耶子小姐並未收斂心性，脾氣依舊極差，但相較於從前，感覺病症改善許多。

沙耶子小姐似乎打心底祝福兩人的婚姻。

沙耶子小姐非常怕生，但或許同爲藝術家，和恭司先生聊得十分投機，不一會就相處融洽。姊妹獨處時仍有些尷尬，恭司先生一加入，麻耶子小姐和沙耶子小姐便自然卸下緊張，愉快談笑。麻耶子小姐和沙耶子小姐親密談笑的景象宛如一場夢，我胸口一陣激動灼熱。

沙耶子小姐回去京都沒多久，麻耶子小姐便懷孕，恭司先生也決定舉辦個展，宅邸裡充滿幸福的氣息。

咦，您問爲何老爺逝世後，我繼續留在沒有沙耶子小姐的宅邸？是的，當然有理由。不過，在這裡自白，實在有些難爲情。況且，不必我開口，您應該也有所察覺吧？請讓我先說下去。

恭司先生爲了準備個展，頻繁往來畫室所在的神戶與宅邸。缺乏恭司先生的陪伴，麻耶子小姐有時會歇斯底里，遷怒恭司先生，但沒像以往那樣，跟別的男人出遊，排遣寂寞。

即使沙耶子小姐帶未婚夫回家，麻耶子小姐也不會再橫刀奪愛……大概是我的心願傳達出去，恭司先生的個展順利結束後，過一陣子，沙耶子小姐突然回家。

沙耶子小姐沒帶未婚夫回來，但她偷偷告訴我：

「我打算和一個人結婚。跟姊姊一樣，我肚裡有小寶寶。」

原以爲沙耶子小姐重新踏進宅邸，不會再發生過去那樣的事。然而實際上，沙耶子小姐返家不久，麻耶子小姐就變回過去的她，開始情緒失控，向沙耶子小姐發洩怒氣。我猜想是懷孕期間情緒不穩，但原因似乎是夫妻失和。

剛才我提過，志津目擊麻耶子小姐和恭司先生吵架，還躲起來偷聽。她告訴我：

恭司先生懷疑麻耶子小姐不忠。

懷疑麻耶子小姐肚裡的孩子，不是他的種。

您在警局聽說了嗎？志津目擊到的，不只是麻耶子小姐和恭司先生吵架而已。不愧是女傭，相當擅長偷窺。

麻耶子小姐遇害那天，曾和沙耶子小姐發生爭吵。

志津聽見二樓傳來對罵聲，內容不堪入耳，接著發現兩人在走廊扭打，最後麻耶子小姐將沙耶子小姐推下樓梯……

咦，您問我爲什麼沒制止？

如果我在場，當然會擋到兩人中間，挺身保護沙耶子小姐。

爲什麼我不在屋裡？

當時我在打掃別館後方的小倉庫，所以很遺憾，沒聽見那場爭吵。

要是我不在小倉庫，或許能拯救一條小生命。

沒想到被推下樓梯後，沙耶子小姐就流產了……

哎呀，您的臉色好蒼白。您不要緊嗎？淨談這些教人不舒服的事，是不是害您身體不適？眞的要繼續嗎？好，我知道。呃，剛剛說到哪裡？對，說到嬰兒。

沙耶子小姐是怨恨麻耶子小姐害她流產，那天晚上才會在麻耶子小姐的睡前酒裡摻進巴拉刈嗎？聽到多嘴志津的話，警方產生相同的想法，才會帶走沙耶子小姐吧。畢竟不只是物證，沙耶子小姐也有動機。

咦，您說我不是相信沙耶子小姐的清白嗎？

啊，也是，不知不覺間，我把沙耶子小姐當成殺人凶手。

當然，起初我期待能在往事中，找到沙耶子小姐清白的證據。然而，回顧兩人昔日種種，我發現一些可疑之處。雖然都是小事，但累積起來，有時不是可看出背後莫大的惡意嗎？

所以說完後，我的想法產生一百八十度的轉變。

您願意聽我分析嗎？

至今爲止，我深信麻耶子小姐是貪婪的狼，沙耶子小姐是善良的羊。但眞正的受害者，會不會其實是麻耶子小姐？是的，不僅是這次的命案，包括過去發生的一切。

同時，是不是像麻耶子小姐說的，事實恰恰相反，沙耶子小姐才是披著羊皮的狼，或是——貪婪的羊？

您問為什麼？我想到也許麻耶子小姐並未撒謊。

麻耶子小姐自我中心、衝動好鬥，即使傷害別人也不會內疚，這是事實。然而，麻耶子小姐不曾對我撒謊。或者說，麻耶子小姐的作風，是想要什麼就直接動手搶，從來不會耍小手段。她背負撒謊嫌疑的事件，全與沙耶子小姐有關。仔細一想，從沙耶子小姐身邊搶走藍眼珠的洋娃娃後，沒必要再挖出眼珠、扯斷手腳。麻耶子小姐的目的是搶奪沙耶子小姐的東西，一旦到手，不管那是什麼，她都會失去興趣，隨手扔開就遺忘。

有沒有可能是沙耶子小姐撿起洋娃娃，暗忖與其再次讓姊姊搶走，乾脆親自毀壞，栽贓到麻耶子小姐身上，好向老爺哭訴？

裁縫箱也一樣。若是麻耶子小姐搶到手，應該會隨意丟著不管。可是，我翻遍麻耶子小姐的房間都找不到。真的是麻耶子小姐偷走裁縫箱嗎？

當時的眼淚……麻耶子小姐淚流滿面，哭訴不是她將珠針放進沙耶子小姐的泡芙。我認為她的眼淚不是作假，那麼，會不會是沙耶子小姐自導自演？

關於鸚鵡泰迪爾的死，沙耶子小姐一口咬定是麻耶子小姐唆使她的貓攻擊，可是房間裡只有鸚鵡羽毛，連一根貓毛都沒找到。那麼小一隻鸚鵡，不必借助貓的力量，也能徒手擰斷脖子。麻耶子小姐要抓泰迪爾，牠一定會掙扎，但換成牠最信任、總愛依偎撒嬌的沙耶子小姐……我想像的情景太恐怖嗎？

不過我可以斷定，將裁縫箱藏在羊布偶肚裡的，絕不是麻耶子小姐。當時我怎麼沒想到？大概是沙耶子小姐哮喘發作，我無暇深思。

之前我提過吧？麻耶子小姐最痛恨需要細心的女紅，甚至沒辦法把線穿過針孔。即使扯得開布偶的肚子，又怎會不嫌麻煩地仔細取出棉花，小心塞進裁縫箱，再縫回原樣？縱使是出於惡意，依麻耶子小姐的性格，弄到一半便會發脾氣，丟開不管。喜歡這種陰險作業的，是沙耶子小姐。

沒錯，不僅是鸚鵡，小狗也一樣。克羅伊只親近沙耶子小姐和我，要是麻耶子小姐想靠近，剖開牠的肚子，牠一定會大叫向我們求救。然而，那天卻沒聽見克羅伊的叫聲。

倘若縫起羊肚皮的不是麻耶子小姐，將吸入器藏進羊肚子的，當然也不會是麻耶子小姐。如果連那般痛苦的哮喘發作，都是沙耶子小姐裝出來的……

根本沒做的事卻全扣到自己頭上，遭指責為騙子，還挨老爺打罵，麻耶子小姐會憤怒、失控，也是情有可緣。

「爲什麼每次錯的都是我？爲什麼沒人發現沙耶子的邪惡？爲什麼誰都沒識破她藏在綿羊假面具底下的漆黑本性！」

麻耶子小姐悲痛的吶喊不是謊言。沙耶子小姐邪惡的本性，只有麻耶子小姐識破。

然而，麻耶子小姐卻遭沙耶子小姐算計，險些被老夫人逐出家門，眞是可憐。

對了，還有老夫人去世後，困擾夫人的靈臭！沙耶子小姐說，是麻耶子小姐利用老夫人的香膏製造出靈臭，但麻耶子小姐根本辦不到。因爲麻耶子小姐有嗅覺障礙，無法察知氣味。要是麻耶子小姐聞得到老夫人身上散發的香味，壓根不會喝下摻有巴拉刈的刺鼻紅酒。

假如麻耶子小姐是冤枉的，實際上全是沙耶子小姐自導自演——那麼，沙耶子小姐才是恐怖的野獸。

沙耶子小姐爲何要做那種事？唔，我實在毫無頭緒。不過，我知道一點。

那就是——沙耶子小姐也是心理病態。

據說心理病態者中，有一類型會付出全副精神，徹底隱藏另一張面孔，裝出和善的外表，隱密且不爲人知地再三犯下罪行。

麻耶子小姐不會撒謊，但個性古怪，或許兩人是同一種病。姊妹倆都人格異常，實在可怕。

您說沒有沙耶子小姐是心理病態的根據？只是您不願意相信吧？何況，我的懷疑是有理由的。沙耶子小姐奪走麻耶子小姐最寶貴的事物，不是嗎？

您也知道吧？那就是您啊，恭司先生。

沙耶子小姐想結婚的對象就是您，恭司先生。

居然奪走姊姊的丈夫，可見沙耶子小姐多麼貪婪下作。她居然還懷孕……

在沙耶子小姐回來前，我就隱約察覺兩位的關係。提起您到神戶準備個展時，那幸福的表情……其實您是去京都找沙耶子小姐幽會吧？麻耶子小姐想必也隱約察覺不對勁。

您曉得麻耶子小姐怎麼確定丈夫和妹妹有染嗎？

就是那幅畫，您以沙耶子小姐爲模特兒的畫。那實在太令人震撼。

畫上沙耶子小姐抱著尚未出世的孩子，滿臉慈愛。那近乎神聖的美，彷彿是懷抱基督的聖母馬利亞。我彷彿清楚看見恭司先生的深情，而那是以麻耶子小姐爲模特兒的畫上缺乏的要素。沒錯，那是完美描繪沙耶子小姐羔羊那一面的聖母像。

您問我怎麼知道那幅畫？

我是在打掃沙耶子小姐的房間時，偶然發現。

您曉得那幅畫的下落嗎？

在麻耶子小姐的房間找到時，畫被割得稀巴爛，不忍卒睹。

想像麻耶子小姐看到那幅畫會是什麼心情，我胸口一陣疼痛。

沙耶子小姐懷中的嬰兒，擁有肖似恭司先生的美麗容貌。

而且，還畫上一雙與恭司先生相同的碧眼……

這麼一提，沙耶子小姐將母子手冊藏在那幅畫後面，麻耶子小姐可能也看過。

大概是拿刀子割爛那幅畫時，麻耶子小姐無法克制情緒，愈來愈激動，才會把沙耶子小姐推落樓梯。

不，錯不在恭司先生。跟麻耶子小姐那樣的人生活，一開始刺激有趣，但很快就會感到疲憊。渴望平靜時，您受到披著羊皮的沙耶子小姐勾引。您也是受害者。

您的心早離開麻耶子小姐，她卻懷孕了，所以您沒提出離婚，對吧？於是，沙耶子小姐等不下去，直接找上門。

貪婪是罪，但太溫柔也是一種罪。

您爲什麼要袒護沙耶子小姐？我說這麼多，您依然執迷不悟嗎？沙耶子小姐是貪婪的羊啊。

爲了從麻耶子小姐手中奪走您，沙耶子小姐應該使盡各種手段。在您耳邊告密，說麻耶子小姐肚裡孩子不是您的，是不是沙耶子小姐？

咦，沙耶子小姐是聽我說的？她在撒謊。果然，沙耶子小姐是狡猾又邪惡的騙子。沙耶子小姐說，是我告訴她小倉庫裡有巴拉刈？您問這也是她撒的謊嗎？您在哪裡聽到這件事？在警局？沙耶子小姐這樣說嗎？

不，沙耶子小姐的話是眞的。

剛才提過，麻耶子小姐將沙耶子小姐推下樓梯時，我在打掃小倉庫。我就是在那時發現裝巴拉刈的瓶子。沒想到夫人自殺後，農藥依舊放在原處，我十分驚訝，一回到主屋，便立刻向沙耶子小姐報告：

不小心喝到會很危險，可以丟掉嗎？

沙耶子小姐表示交給她處理，一把搶過巴拉刈。

當下，我注意到沙耶子小姐的裙子上沾著血跡。仔細一瞧，沙耶子小姐的臉色怎麼蒼白如紙？我詢問發生什麼事，沙耶子小姐不肯回答，隨即昏過去。我急忙找來醫生，才知道沙耶子小姐流產。

如今回想，要是我及時察覺沙耶子小姐的異狀，就不會提起巴拉刈，也就能防止這起駭人的悲劇。

您爲何用那種眼神看我？

請等一下，恭司先生，您以爲是我讓麻耶子小姐看到那幅畫嗎？怎麼可能？

恭司先生，請注視我的眼睛！

這是騙子的眼神嗎？

您居然懷疑我，太過分了……太過分了……太過分了、太過分了、太過分了、太過分了、太過分了、太過分了、太過分了、太過分了、太過分了、太過分了、太過分了、太過分了、太過分了、太過分了、太過分了，嗚嗚……

不，您明白就好。我居然失態落淚，眞對不起。

我太震驚了。我最不希望聽到的，就是恭司先生說出這種話。

剛才您問我，爲何我沒逃離麻耶子小姐，一直留在這幢宅邸？

答案就是您啊，恭司先生。

因爲有您，我才會留在充滿傷心回憶的宅邸。我想天天看著您，與您呼吸相同的空氣。

恭司先生，您察覺我的心意了吧？

然而，您卻與沙耶子小姐發生關係，眞是殘忍。不過，我原諒您。現在我們可以像這樣，不受任何人打擾，清淨過日子。

咦，您問這是哪裡？前面給過提示，您沒聽出來嗎？喏，我不是說，以前這幢宅邸有牢房嗎？沒錯，就是那間牢房。土倉庫的深處，有一道不爲人知的密門。

連麻耶子小姐她們都不曉得的牢房，我怎會知道在哪裡？

答案很簡單。這是理所當然的，一直到母親驟逝，被帶去主屋的十歲前，我都在此生活。

您問爲什麼？還用說嗎？會被關進牢房的，除了瘋子以外，只有通姦產下的私生子。

討厭，何必露出那麼畏懼的表情？我不是瘋子呀，呵呵。

您害怕這個地方嗎？如果只有恭司先生一個人關在牢房，或許挺可怕，但有我陪著，沒什麼好怕的。

我現在非常幸福。因爲我一直夢想著能在這個狹小的地方，和恭司先生獨處。討厭，請別誤會我是不檢點的女人。只要是爲了您，我什麼都辦得到。

既然如此，就放您出去？不行，恭司先生。我必須保護您遠離貪婪的羊。即使沙耶子小姐遭到拘捕，也不能輕忽大意。畢竟隨處都有貪婪的羊，頂著普通人的臉、普通地說話、普通地笑，完全混進普通人中。

不過，待在這裡就能放心，我會永遠保護您。

咦，麻耶子小姐口中的「貪婪的羊」不是沙耶子小姐，而是我？什麼意思？我怎麼可能會是什麼「貪婪的羊」？

您說，經過居中調解，姊妹和解後，麻耶子小姐懷疑起我？

您說，我分別向兩人提供假訊息。一方面向麻耶子小姐耳語，說沙耶子小姐撒謊，想陷害姊姊；另一方面，告訴沙耶子小姐，麻耶子小姐想搶奪妹妹珍惜的事物，導致兩人反目成仇？

實在荒唐，這樣我有什麼好處？

我是「貪婪的羊」？開玩笑，我哪裡貪婪？

如果我真的貪婪，早就要求跟麻耶子小姐和沙耶子小姐同等的待遇。一樣是姊妹，爲何只有我地位如此卑賤……

是的，沒錯。我的父親就是老爺。我們是同父姊妹，只因我是女傭生下的孩子，便得尊稱血緣相同的姊妹「小姐」，忍受她們的虐待與不合理的對待。想要什麼都能獲得滿足的那對姊妹，怎會明白我的痛苦？寬闊的宅邸裡，在傭人的服侍下，她們過著無憂無慮的奢侈生活時，我卻被關在陰暗發臭的牢房。

您注意到我的腳了吧？這不是天生的障礙。您覺得是怎麼變成這樣的？是從梯子摔下來。小時候我試圖逃離，導致我一輩子都得跛著一隻腳走路。

我欺騙傭人，說我帶老爺去輕井澤靜養，把他關在這裡，短短一個月他就發瘋。才一個月！我可是在這裡整整待十年。然而，我卻得繼續忍受不當的待遇嗎？

那是什麼表情？您想說什麼？

等一下，難不成恭司先生以爲是我設計那對姊妹，讓她們自相殘殺？

恭司先生，您知道我是怎樣的人吧？我看起來像會做出那種事的人嗎？

況且，假設好了，假設眞的是我不小心沒關緊沙耶子小姐的房門，讓經過走廊的麻耶子小姐看見靠在牆上的那幅畫，我又何罪之有？

詢問沙耶子小姐能不能丟掉巴拉刈時，我警告過她，麻耶子小姐聞不到氣味，可能會誤喝，十分危險。我是善意提醒，怎麼會有罪？

恭司先生一開始就懷疑我吧？懷疑挖出洋娃娃眼珠、在沙耶子小姐的泡芙裡放針、殺害鳥和狗、用靈臭與電話逼死夫人的，全都是我。

難道你要我回溯往事，就是希望我不慎說溜嘴？

咦，原來你是這麼卑鄙狡猾的人。這是爲了沙耶子？只要是爲了沙耶子，你什麼都肯做？那你不也是貪婪的羊嗎！

哎呀，討厭，不小心大聲起來，請恕我失態。這豈不是跟麻耶子小姐沒兩樣？

恭司先生，今天警方也找您過去吧？

看來，警方在懷疑與沙耶子小姐外遇的您。其實，我曾有那麼一絲期待。期待是您毒死麻耶子小姐，嫁禍給沙耶子小姐——爲了一口氣解決這對煩人的姊妹。沙耶子小姐敢不敢眞的動手殺人，我是半信半疑。不過，我眞是大錯特錯。恭司先生想聽的往事，不僅沒害我說溜嘴，反倒揭露沙耶子小姐的另一面，實在諷刺。

您說不去警局報到，會被當成畏罪逃亡？就讓他們這麼以爲吧。

若警方懷疑恭司先生是沙耶子小姐的共犯，只要讓他們這麼想，便皆大歡喜。

剛才趁著恭司先生休息，我把您的車子開到車站丟下。即使要找您，警方應該也會朝牛頭不對馬嘴的方向尋覓。

即使警方來搜索這個家，也找不到這個地方，請放心。老爺逝世後，便沒人曉得牢房的密門。

對了，我已寫信給沙耶子小姐。之前兩位都用英文私下通信，所以我借用您的打字機。我英文不好，只簡短寫一句「我們在天堂相逢吧」，是不是挺浪漫？

開放會面後，我就把信交給沙耶子小姐。只要告訴她恭司先生下落不明，她很可能產生誤會。她情緒不太穩定，或許會想追隨您的腳步……

恭司先生，您怎麼突然激動起來？就算大喊大叫，也不會有人出現。拜託，請冷靜一下，恭司先生。

瞧瞧，喉嚨都喊啞了吧？我立刻端涼茶過來。

我小時候沒有，但現在這裡也有冰箱。這是冰箱，那是保險箱。我把老夫人放在別館的耐火保險箱搬過來。麥茶和綠茶，您想喝那一種？

哎呀，嚇我一跳！怎麼突然大叫？

噢，透過冰箱裡的燈光，您看見裡頭的東西。

果然，您和沙耶子小姐一樣誤會了，這不是老夫人的腳。我沒那種噁心的嗜好，保存雞爪般的腳。

怎麼會把男士的腳看成老夫人的腳？啊，沙耶子小姐看到時，因爲過了很久，有些縮水，會錯認也是難怪。

我嚇一跳，沒想到沙耶子小姐會打開冷凍室。麻耶子小姐討厭冰淇淋，那冰箱的冷凍室總是空著。我沒打算一直存放下去，只是事發突然，不得不暫放在那裡。

誰教榊先生想逃離牢房——

當初與榊先生四目交會的瞬間，我就明白這是命中注定。榊先生想必有相同的感受。儘管遭到沙耶子小姐和麻耶子小姐阻撓，最後榊先生還是選擇我。身爲姊妹，喜好的男士類型也會相近呢。

那是第一次，我只把榊先生關在牢房裡。我坐在欄柵外，每天愉快地和他談天說地。但畢竟我們還年輕，不久就無法滿足於純聊天，您懂吧？我們心靈相通，而且榊先生十分順從，在他的邀約下，我進入牢房。不料，榊先生態度丕變，推開我想逃走。明明就算跑出牢房，也不一定能出去外面……

既然他背叛我，自然必須施以薄懲，於是我取走他的左腳，讓他無法再度逃離。不過，那是我第二次動手，似乎有什麼疏漏之處，榊先生發起高燒，歷經痛苦後，拋下我一個人走了。正值炎炎夏日，我立刻在這裡挖洞把遺體埋起來，不過，至少要將他的左腳留在身邊。當時沒有這個冰箱，只好先放進麻耶子小姐的冰箱，不巧被沙耶子小姐發現。她以爲那是老夫人的腳，所以事情沒鬧大，是不幸中的大幸。

啊，您剛才看到的不是榊先生。我是專情的女人，不容許外遇或通姦，一旦有新情人，就會徹底拋棄過去。況且，榊先生和老夫人都只取左腳，您看到的是雙腳吧？

您以爲是石神醫生？醫生的腳，今天早上埋在那邊。他是醫生，給予我許多指導，幫助很大，應該不必再擔心會感染。別看我這樣，我好歹是個護士。

討厭，不是請您不要突然大叫嗎？眞可怕。

啊，您看到毯子下面啦。到最後大家依然想逃，一開始就卸下雙腳比較省力氣。我充分麻醉過，一點都不痛吧？啊，剛剛您說腳尖痛，嚇我一跳，原來眞的會產生幻痛。

世上還有好多不可思議的事。

放心，恭司先生。您是畫家，只要有手不就能畫圖？

瞧，怕您無聊，我把畫圖的工具都搬進來，請畫我吧。是啊，希望是和沙耶子小姐那幅一樣的構圖。請讓我抱著長得像恭司先生的小寶寶。

等畫作完成，我會代替麻耶子小姐和沙耶子小姐，爲您生個小寶寶。

對了，麻耶子小姐遇害的六角形房間日照充足，就用來當兒童房吧。養隻會說話的鳥和狗，您不覺得會很熱鬧嗎？

即使孩子出世，您也不必擔心將來的生活。

耐火保險箱裡有老夫人留下的五千萬圓左右的現金，一旦沙耶子小姐過世，包括這片土地和房子，眞行寺家所有財產，都會由老爺認養的我繼承。

您不必工作，專心畫我就行。其餘的，我會爲您打點妥當。

那麼，馬上開始吧。

我坐在這裡就好嗎？這個姿勢如何？

欸，恭司先生，請答應我。

一定要把我畫得比任何人都美。比麻耶子、比沙耶子都美……

哎呀，我這麼要求，是不是有些貪心？

悖德之羊

毫無前兆地，夏季不知不覺來臨。

帶孩子到高速公路休息區的公園廣場玩耍，篠田仰望天空，是無限清澈的蔚藍。大概是這陣子都沒空陪他們，即將五歲的雙胞胎兄妹，小眞與小實像幼犬般纏住篠田，不肯離開。篠田苦笑著回望樹蔭下的妻子，正在拍攝親子最佳鏡頭的羊子開心地揮手微笑。

玩一陣子泰山繩與滾輪溜滑梯後，一家人圍坐在草地上，享用羊子親手準備的便當。

「哇，熊貓麵包！」

女兒小實發出歡呼，大咬一口熊貓三明治。這是羊子特製的三明治，在切成圓形的吐司上，點綴起司片和海苔當熊貓的眼鼻，是孩子最喜愛的料理。明明要大腹便便的羊子別逞強，她仍特地爲不喜歡吃麵包的篠田，做了山椒魩仔魚和壬生菜的飯糰。食材應該很便宜，但羊子的料理總是色彩繽紛又美味。

用完午飯，篠田正在收拾野餐墊，聽見和羊子一起去洗手間的小實刺耳的尖叫：

「爸爸快來！小寶寶……」

心臟猛烈一跳，篠田扔下野餐墊衝過去，看見懷孕五個月的妻子蹲在灌木叢前，忍不住大喊，「妳還好嗎？」羊子回頭，卻是一臉迷茫。

「噓！」旁邊的小眞和小實在嘴巴前豎起食指，指著草叢裡。篠田蹲下讓視線與他們同高後，發現草叢中，樹葉間灑下的燦光舞動的地面更深處，有四隻小貓擠在白貓的肚子上喝奶。

篠田鬆一口氣，膝蓋差點沒嚇軟。他瞪向小實，但女兒專注盯著小貓，還模仿小貓按在母貓肚子上搓揉的動作，可愛到他忍不住綻開笑容。

一樣緊盯小貓的小眞忽然回頭問：

「爸爸，母貓是白色，爲什麼小貓不是白色？」

的確，這群小貓中，沒有一隻和母貓一樣是白色。不僅如此，四隻花色都不同，分別是雜花、虎斑、虎斑褐、黑貓。

「爲什麼呢？爸爸也不知道耶。」

還說別人，你們不也一樣？篠田不禁想吐槽兒子，露出苦笑。

小眞和小實是雙胞胎，但因爲是異卵雙胞胎，長得一點都不像。

女兒小實宛如篠田的迷你版，一張國字臉，小眼睛、塌鼻子，難說是個美人，不過十分討喜。

哥哥小眞擁有遺傳自母親、令人印象深刻的大眼睛，俊秀得極易吸引四周的目光。雖然是男孩，但纖細內向，與凡事粗枝大葉的篠田個性毫無相似之處。

別說是雙胞胎，小眞和小實甚至不像兄妹，他們已故的祖母每次看到兩個孫子，總要埋怨：

「最起碼性別交換一下嘛。」

篠田聽著十分生氣，但小實到談戀愛的年紀，看見美麗的母親和英俊的哥哥，一定會爲只有自己長得像父親的悲劇難過吧。雖然他根本不願去想像那一天。

「喂，差不多該出發了，小理會等得不耐煩喔。」

篠田搶在孩子央求帶小貓回家前，催他們上車。

跟篠田家交往密切的水嶋家，別墅位在豪宅林立的舊輕井澤，而且是格外雅緻的洋館。

「嗨，歡迎光臨。」

出來迎接的水嶋和馬，自然地接過羊子手中的旅行袋，露出爽朗的笑容。那張端正的臉晒得黝黑，感覺比平日精悍許多，但舉止一如往常，十分紳士。

在他的帶領下進入屋內，眼前出現一片開放的天井前庭，陽光從挑高的天花板傾瀉而下。

「哇，好像以前的家！」

小實天眞無邪的話猶如一根刺，扎在篠田胸口。

放置豪華皮革沙發組的客廳兼飯廳足足有十五坪以上，家具全是高級款式。連廚房都比現在的篠田家客廳寬闊。確實，不只是大小，包括格局和色調，都與賣掉的房子有些相似。

「好棒的別墅。」

聽到篠田的話，水嶋聳肩笑道，「很棒吧？雖然不是我的。」

水嶋的妻子初音是城市飯店老闆的獨生女，這棟別墅似乎是岳父的。原本在櫃檯工作的水嶋受到初音青睞，成爲駙馬爺，如今在新宿的飯店當經理。

水嶋夫妻在七年前搬到篠田居住的地區。當時篠田與羊子剛結婚半年，一次外出用餐，與初音一起進入店內的水嶋發現羊子，出聲打招呼。羊子婚前和水嶋在同一家飯店工作，兩人認識。

他們爲偶然的重逢感到驚喜，四人一起用餐。羊子和初音一見如故，漸漸像姊妹般親暱。初音是教養良好的深閨千金，個性溫婉，與體貼溫柔的羊子一拍即合。有了孩子後，兩家交情更深，羊子和初音經常造訪彼此的家。

「你們累了吧，喝點飲料，休息一下。」

初音去叫醒兒子，水嶋端來果汁和冰透的啤酒。羊子想幫忙做飯，但水嶋溫和地制止，說羊子今天是客人，便到庭院準備烤肉。水嶋俐落燒炭生火的模樣相當瀟灑。好奇心旺盛的小實光腳跳下庭院，小眞也跟上去。篠田瞇眼看著在草皮上歡笑奔跑的一對孩子，羊子挨近他，溫言軟語道：

「對不起，你工作那麼忙，還硬要你帶我們來。」

「不會……我很慶幸可以全家一起來。」

半年沒像這樣休假陪伴家人了。

篠田大介是塑膠加工廠的第二代老闆。三年前驟逝的父親頗有生意頭腦，不僅是日本國內，在中國也有工廠，生意做得很大，但繼承事業的篠田受金融海嘯波及，陷入苦戰。他拚命推銷，與大型建案公司「野木房屋」簽下契約，並成功開發出新的地板材料，然而，推廣新產品需要時間，初期投資的貸款變得愈來愈沉重。他賣掉自宅，縮小工廠規模，卻仍無法彌補。五個月前，公司開出去的支票跳票。之後，爲了避免破產，他過著奔波籌錢、走鋼索般的每一天。

靠著羊子的門路，篠田與專門處理企業重整的律師簽下顧問契約，新產品逐漸上軌道，只需再忍耐一陣子，但如果不是了解他們困境的水嶋邀約，他甚至沒辦法讓小眞和小實在暑假留下美好回憶。

這就是所謂的「逢魔時刻」（註）嗎？染上暗紅色的雲朵和山影緩緩落入薄暮中。面對這總有些懷念、動人心弦的情景，感受著孩子的歡笑與身邊羊子溫柔的呼吸，篠田緊繃的情緒也放鬆下來。

如同從白天到黑夜，再自然轉變爲早晨一樣，只要克服這段黑夜，應該就能等到燦爛的黎明。爲了孩子，一定要迎向黎明——

篠田暗下決心，這時背後傳來腳步聲。回頭一看，初音正走下螺旋階梯。看見她懷中孩子的臉，篠田頓時一陣哆嗦，像有隻濕淋淋的手摸過背脊。

初音看起來就像抱著小眞。

不，不可能。小眞在庭院與水嶋說話，笑得很開心。

儘管理智上明白，但他們的獨子與小眞非常相似，甚至讓他誤以爲是小時候的兒子。看著那孩子一步步走近，篠田湧出一股後退的衝動。

「歡迎光臨。篠田先生，好久不見。喏，小理，怎麼不跟叔叔和阿姨打招呼？」

註：日本人亦將黃昏稱爲「逢魔時刻」，因古代傍晚光線晦暗不明，人們認爲容易在此時遇上魔物。

近距離一瞧，小理的鼻子比小眞低了些，鼻翼外擴，臉頰也如幼兒般圓滾滾。難以說是一模一樣的外貌，減輕遠望時的震撼，但容易聯想到波斯貓的清澄杏眼和小眞很像。篠田反射性地看向妻子，可是羊子似乎毫無所覺，哄著小理，一邊與初音交談。羊子臉上浮現一貫的微笑，詢問初音住院的父親病況，關心地表示有任何幫得上忙的地方，儘管開口。

水嶋喚小理過去，讓孩子挑選想吃的蔬菜。小眞和小理一起站在烤盤前，宛若一對兄弟，然而，水嶋和初音沒有任何反應。

總覺得不好點出兩人相似的事實。

上一次見到小理是在半年前，當時小理更像水嶋，但孩童的臉是會變的，也許只是太久沒見到小理，篠田才會覺得不對勁。

剛從輕井澤回來，篠田就馬不停蹄地爲工作奔波，不知不覺間，便遺忘扎在心上一隅、如魚刺般微不足道的疑念。就在這時，初音打電話到職場找他，而不是打到家裡。她語氣迫切地問：

「方便私下見個面嗎？不要告訴羊子。」

篠田設法挪出時間，趁午休開車到隔壁車站，前往指定的咖啡廳赴約。

「不好意思，讓妳久等。」

篠田一出聲，低頭坐在店內深處的初音頓時彈起。

「抱歉，在工作時間找你出來……」

距離輕井澤的聚會不久，初音卻像變了個人。

一向面帶微笑的豐腴雙頰凹下去，深陷的眼眶帶著濃濃的黑眼圈。初音比篠田和水嶋大兩、三歲，現在應該是三十六、七歲，但看起來彷彿一下老十歲。身形較之前稍胖，寬鬆的米黃洋裝底下的小腹有些膨脹。篠田急忙吞回差點脫口而出的「有喜訊嗎？」初音頗介意自己的微胖體型，總是努力節食，絕不能隨便說這種話。

「篠田先生……我……」

篠田豎耳等待，但初音似乎頗爲猶豫，眼神漂移，把話嚥了回去。第一次和初音單獨見面，篠田有點緊張。換成水嶋，想必能消除對方的不安，巧妙引導交談，但篠田這個粗人不曉得那類技巧。

初音數度欲言又止，最後下定決心，抬起頭。

「篠田先生，抱歉冒昧這麼問，小眞……」

初音求救般注視著篠田。

「確實是你和羊子的孩子嗎？」

篠田一陣錯愕，初音急忙低頭說：

「對不起，我知道非常失禮，可是……」

在輕井澤的夏季祭典中，小眞和小理穿上成套的傳統短上衣，一起抬兒童神轎。人們見狀，異口同聲地向陪在一旁的初音稱讚：

「長得好像，多麼可愛的一對兄弟。」

「發現每個人都這麼認爲，我簡直快瘋了……」

原來初音也有相同的疑惑，爲此苦惱不已。

「小理毫無疑問是我懷胎十月生下的孩子。如果我們的兒子跟小眞長得那麼像，小眞的父親……」

初音認爲小眞的父親不是我，而是水嶋嗎？

「妳在懷疑羊子嗎？」

篠田目瞪口呆地問，初音痛苦地皺起眉，呻吟般回答：

「如果是羊子，外子會心動也不奇怪。畢竟羊子就像月亮。」

「月亮？」

「她美麗溫柔，氣質夢幻，教人無法拋下不管，其實十分堅強。那種神祕的魅力令男人著迷……是跟我完全不一樣的……女人……」

初音頓時淚水盈眶。

「請等一下，有證據證明水嶋先生和內子那個……外遇嗎？」

「沒有。可是我非常遲鈍，或許只是我沒發現。外子對我很好，我不認爲他會外遇，但也可能就是發生外遇，他才對我好。說不定，此時此刻他們……」

羊子本來是全職主婦，半年前她把孩子交給娘家，開始到水嶋的飯店工作。得知羊子打算找計時工作貼補家用，水嶋說熟悉的職場做起來比較順手，安排她去上班，初音似乎在懷疑這件事。

「篠田先生，拜託，請好好維繫與羊子的感情。求求你……」

初音的臉忽然皺成一團，淚水泉湧而出。拚命忍耐的初音，那悲愴的模樣深深打動篠田。一直在近處看著水嶋夫妻，他深知初音多麼愛慕丈夫。初音的眼神、動作及態度，無不流露對丈夫的愛意。

倘若羊子是月亮，水嶋就像太陽。水嶋很會照顧人，十分可靠。只要他在場，氣氛總會變得明亮活潑。他散發出知性氛圍，兼具浪子氣質，女人不可能拋下這種男人。初音太害怕水嶋移情別戀，只因小眞和小理長容貌相似，便忍不住懷疑丈夫和羊子外遇。即使是爲了保護羊子的名譽，篠田也想解開此一疑團。

「妳冷靜想想，如果我的孩子只有小眞，而小眞和小理長得相似，或許小眞的生父有可能是水嶋先生。但小眞是雙胞胎，跟他一起出生的小實，怎麼看都是我的女兒吧？」

初音淚濕的瞳眸游移，彷彿尋找著不在店裡的小實的臉——明顯繼承篠田基因的女兒的臉。

「懂了嗎？毋庸置疑，不管是小實或小眞，都是我和羊子的孩子。況且，羊子不可能做出背叛我的事。」

初音一下收住眼淚，像沙漠吸走水。

「你相信羊子呢……」

毫無抑揚頓挫的話聲，乾燥得彷彿一捏就碎。

「當然相信啦。我們是夫妻，怎麼能不信任另一半？妳也應該相信水嶋先生……」

初音沒聽到最後，一把抓過皮包，取出一封信。那是隨處可見的白色信封，印著「水嶋初音」和住址。

「那是什麼？」

「從輕井澤回來的隔天，我收到這封信。」

初音從信封中抽出一張普通的白色信紙，攤開在桌上。

信上只有簡短的一行字：

「妳丈夫身邊，有一隻『悖德的羊』。」

篠田受到「羊」字吸引，半晌難以移開目光。

返回職場後，那封信依然盤踞在腦海，擾亂篠田的心思。

沒標註寄件人，信中的那行字和收件人欄一樣，是印刷上去，甚至無法推測是怎樣的人寫的。

初音似乎認定，有人想告發羊子和水嶋的關係。

文面寫得像是羊子單方面勾引水嶋，強烈感受到寄件人的惡意。

不，上面只寫著「羊」，不一定是指羊子。

就算水嶋真的搞外遇，對象也不可能是羊子，應該是別人。

初音說信是誰寫的，她心裡有數，但……

回家路上，有東西從灌木叢衝出來，篠田嚇得停下腳步。穿過前方的，是一隻叼著蟑螂的白貓。那長長的白尾巴，勾起那天看到的貓的記憶。此刻在灌木叢裡，毛色不同的四隻小貓，仍扭著身體吸食母奶嗎？明明是同胞兄弟，卻花色迥異的四隻小貓浮現篠田腦海，彷彿極為不祥的象徵。

「同一胎出生的小貓為什麼花色不一樣？你連孟德爾定律都不曉得嗎？」

為了釐清疑惑，篠田拜訪當婦產科醫生的堂姊聰美。穿白袍的聰美整理著看診完畢的病歷，一邊為他解說應該在國中自然課就學過的孟德爾定律。

「貓的花色只是表現出顯性基因，背後藏著隱性基因的特徵。然後，在下一代，顯性和隱性的特徵，會以三比一的比例呈現……」

聰美的解釋，篠田連一半都聽不懂，但遺傳法則導致小貓毛色不同，與小眞和小理相似一事，怎麼想都沒關聯。

「喂，要我解釋，你卻根本沒在聽。要我啊？」

年紀相差甚遠的堂姊對篠田的說話總是很嗆，就像小時候一樣。

「啊，抱歉，我有聽沒有懂……」

「感覺只是跟你有血緣關係，我也會變笨。」

「我要回去了。」

「隨便你，不過，另一種解釋你應該聽得懂。」

「另一種解釋？」

「同一胎出生的小貓毛色各異，原因是同期複胎。」

大概是擔心篠田的腦袋無法理解，聰美拿筆在桌上的紙寫下「同期複胎」四個字。

「貓和人不一樣，一次會排出好幾顆卵子，如果在同一時期和複數公貓交配，小貓的父親可能全都不同。」

「只有貓會這樣嗎？」

「不，若是多胎動物，像是狗或豬……」

「我不是指這些，人類不會發生這種情況吧？」

聰美一愣，隨即放聲大笑：

「什麼？難道你在懷疑羊子？是妄想妻子紅杏出牆的奧塞羅症候群（Othello Syndrome）嗎？」

熟識羊子的聰美賊笑著，調侃篠田「家有嬌妻真辛苦」。

聰美對羊子的評語是，看似清純可人，其實相當聰明厲害。篠田從來不覺得羊子厲害，難以認同這番評語，但聰美堅稱，羊子能讓丈夫持續對她抱有這種幻想，就是她厲害的證據。雖然拐彎抹角，卻是聰美式的讚美。她非常喜歡羊子，總感嘆羊子嫁給篠田太可惜。

單身的聰美甚至表示，往後如果與理想的對象結婚，希望羊子能分她卵子。她認為年近五十的自己，卵子應該早失去效用，想借羊子的卵子進行體外受精。篠田覺得這是不可能的事，不過身爲婦產科醫師的聰美說，只要有人配合就辦得到，在日本雖然還不合法，實際上也有醫院替人做這種手術。

「小實的確是你的女兒，但那麼俊秀的小眞是你的種，令人難以置信。」

「小眞一定也是我的兒子！」

篠田厲聲大叫，聰美吃不消地蹙眉，忽然伸手拔篠田的頭髮。

「好痛！」

小時候聰美常拔他頭髮，沒想到這把年紀還會遭到偷襲，才疏於防備。

「廢話。傻瓜，當然是在開玩笑。振作點，羊子會爲你付出這麼多，就是因爲愛你啊，雖然我完全不懂你哪裡好。況且，她不是那種會隨便外遇的人。對羊子來說，被貼上紅杏出牆的標籤，是難以忍受的屈辱。」

聽美經常提到，她唯一討厭羊子的地方，就是太在乎別人的眼光。

「噯，不必你擔心，如果她要外遇，你絕對不會發現。她很厲害的。」

「我……還是回去吧。妳那麼忙，不好意思打擾了。」

篠田剛要從地上拿起皮包，聽美卻一腳踩住。

「既然你專程來找我，就告訴你一聲。人類也不無可能。」

「咦？」

「雖然極爲罕見。」

女性每個月會排出兩顆卵子，而在可能受精的期間內與兩名男性進行性交，卵子有機會各別受精，並著床發展至妊娠。

據說，實際上外國有案例，有個女人在排卵時和兩名男性發生性行爲，生下膚色不同的異卵雙胞胎。另外，最近也有進行體外受精時，由於院方的疏忽，混入別人的精子，產下父親不同的異卵雙胞胎的例子。

這個事實令篠田崩潰。

羊子生下的雙胞胎小眞和小實，父親也可能是不同人。羊子不是體外受精，不會是醫院的問題。難道羊子背叛丈夫，在同一個時期和水嶋發生肉體關係？

篠田不曾懷疑羊子的貞節。

他深信羊子不可能做出那種事。兩人婚後幾乎從未爭吵，夫妻感情應該相當融洽。羊子總是對篠田百依百順，無私奉獻。即使並非聰美所說，是因爲愛他，至少也有感情吧。小眞確實長得不像自己，但無論如何，篠田都不認爲羊子會背叛他。

回家後，趁著羊子洗澡，篠田從她的皮包摸出手機。爲了抹去萌生的疑念，他第一次想偷看妻子的手機，卻不幸失敗。不知爲何，羊子的手機上了鎖。

隔天晚上，初音要去見她認定的寄件人，篠田也同行。這樣下去，他實在心煩意亂，無法工作。

初音造訪的對象，是直到上個月還在水嶋底下工作的飯店女職員。初音靠著丈夫收到的賀年卡地址，找出馬淵奈奈佳的公寓。抵達後，門突然從內側打開，一個將栗髮梳成宴會包頭、打扮華麗的女人拿著皮包衝出來。篠田不巧擋住路，女人惡狠狠地瞪他，「幹什麼？」

「馬淵小姐，不好意思突然來訪。妳記得我嗎？」

篠田身後的初音開口，馬淵奈奈瞪圓雙眼。

「經理夫人？咦，妳怎麼會在這裡？發生什麼狀況？」

「我有事想請教妳……請問妳有沒有寄信給我？」

「信？我寄信給太太？不，沒有啊。」

沒有氣急敗壞的模樣。如果在裝傻，可謂膽識過人。

前往公寓途中，初音告訴篠田，馬淵奈奈心儀水嶋，新年聚會受邀到初音家作客時，也一直挨著水嶋，展開大膽的誘惑行動。

初音刺探般注視著奈奈，吐出長長一口氣：

「馬淵小姐，方便借用一點時間嗎？我有事想問妳。」

奈奈一驚，望向手表，皺起眉頭應道：

「糟糕！抱歉，今天沒辦法，我上班快遲到了。」

話還沒說完，奈奈便慌忙跑出去。原以爲她想迴避談話，逃之夭夭，不料她又折返，諂媚地看著兩人詢問：

「如果有話要談……能不能帶我進場上班？」

奈奈辭掉飯店的工作後，在女公關俱樂部上班。雖然不年輕，但她似乎滿紅的，領著篠田和初音到店裡，立刻被喚去坐其他檯。奈奈大概挺愛喝酒，快速地一杯乾過一杯，但酒量似乎沒那麼好，回到兩人身邊時，有些口齒不清。

「抱歉，讓兩位久等。呃，要講什麼？」

「馬淵小姐，那封信眞的不是妳寫的嗎？」

奈奈往杯中斟酒，攪動調酒棒，頷首應著，「啊……對，信。」

信裡寫些什麼？奈奈傾身向前，不知爲何，雙眸閃閃發亮。

「既然夫人特意找上門，信裡是要求『快跟和馬分手』之類的嗎？如果是這樣……」

奈奈一頓，意有所指地微笑，「那是別的女人寫的。」

初音詫異地抬起頭，盯著奈奈，「妳曉得是誰嗎？」

「告訴妳無妨，不過妳要點酒。喂！」

不等初音點頭，奈奈便舉手喚來少爺，點了香檳王和水果盤。

「可以吧？夫人很有錢嘛。啊，但不管拿出多少錢，還是買不到男人的心。討厭，夫人的堂弟，別露出那麼恐怖的表情。」

最後那句話，是對著板起面孔的篠田說的。初音向奈奈介紹篠田是自己的堂弟，沒報出名字。她大概是認爲，不要透露篠田是羊子的丈夫比較妥當。

奈奈搖搖晃晃地倒著送來的香檳，端給兩人，也斟滿自己的杯子。

「眞不敢相信，居然會和夫人一起喝酒。其實我一直在祈禱，希望夫人快點死掉……」

面對帶著笑容扔來的尖銳話語，初音一陣慌亂。從奈奈的表情，看不出是喝醉還是認眞的。

「可是，現在我很同情夫人。和馬經理會跟夫人結婚，果然還是爲了地位與財產吧，畢竟他出人頭地的欲望強烈。如今卻搞外遇，教人情何以堪。」

「水嶋在搞外遇嗎？」初音問。

「咦，不是收到外遇對象寄的信嗎？」

初音解釋，不是外遇對象寄來的信，而是指控水嶋身邊有悖德的女人，暗示外遇。奈奈似乎頗意外，喃喃著「原來是這樣」，陷入沉思。

「那麼，或許是淺沼寄的。她應該非常恨經理。」

「淺沼是哪位？她爲什麼恨水嶋？」

淺沼史枝是資深禮賓職員，半年前水嶋擅作主張，將她調到客房清潔部門。

「那部門工作超累的，換成是我，一定馬上辭職不幹。」

奈奈的話勾起篠田的好奇，他首度開口：

「爲什麼將那個人調離禮賓部？」

「爲什麼？經理突然說要讓別人接那個位置啊。」

初音似乎反應過來，與篠田對望。

「是羊子吧？篠田羊子。」

如果是爲了重新僱用羊子，導致工作異動，淺沼史枝會寫信騷擾也不奇怪。奈奈點點頭，還說她與羊子是同期。

「夫人知道嗎？羊子會回來工作，是因爲她老公的公司快完蛋。」

初音不知所措，覷著篠田的神色。

「羊子婚前非常闊綽，傳聞老公爲她花很多錢。」

確實，當時是工廠的全盛時期，篠田對羊子一見鍾情，送她一堆昂貴的禮物，才終於打動她的芳心，這是事實。

不知是這樣的經過，或兩人是一對美女與野獸的緣故，有人批評羊子是爲錢結婚。然而，篠田相信兩人會結婚，是欣賞彼此的品格。

「我想羊子現在一定怨死了。以爲釣到金龜婿，沒想到誤上泥船。」

篠田震驚到無法呼吸。像是爲篠田辯解，初音尖聲反駁：

「羊子不可能講那種話。」

「連夫人都上她的當？羊子超雙面人的，在釣男人方面簡直是天才，每個人都被她玩弄在掌心。」

奈奈一口氣灌掉香檳王，突然憐憫地望向初音：

「欸，夫人怎麼會以爲是我寫的信？還有其他女人迷戀和馬經理啊。」

「這……樣嗎？」

「只是沒像我這麼明目張膽而已。經理與夫人結婚前，每一個單身女員工都鎖定他，根本沒想到他有女朋友。」

「女朋友？……我嗎？」

奈奈一副受不了的表情，「千金小姐果然不食人間煙火。夫人眞不知道和馬經理婚前曾跟誰交往？」

「不知道，請告訴我。」

「就是羊子啊。」

「咦！」

忍不住驚呼的不是初音，而是篠田。奈奈詫異地望向他，但他無法掩飾內心的錯愕。

妻子和水嶋曾是男女朋友，實在是晴天霹靂。

初音目瞪口呆，交互看著篠田和奈奈。

「這是眞的嗎？那麼，現在外子和羊子也……？」

「應該還在繼續吧？不然怎會又把前女友聘僱進來？看到這種情況，我覺得太荒唐，才會辭掉飯店的工作。」

「妳確定兩人還在交往嗎？」

篠田語氣嚴厲，奈奈微微退縮。

「他們不是正大光明在交往，但事後想想，經理和羊子都會將夜班排在同一天，或在同一天休假。」

「光憑這一點，就指控兩人是那種關係，不會太武斷嗎？搞不好是妳一廂情願地認爲，其實是碰巧……」

奈奈搖搖頭，露出別有深意的猥瑣笑容。

「有目擊證人。」

「目擊什麼？誰看到什麼？」

「剛才我提到的淺沼史枝，看到經理和羊子約好，進去同一間空房。」

「什麼？」

「哎呀，聽不懂嗎？他們拿客房當賓館用啦。」

篠田腦袋一片空白，再也說不出話。

一回到家，篠田立刻抓住在燙衣服的羊子胳臂，拖進臥房。

他逼問羊子婚前是不是和水嶋交往過，羊子馬上承認，態度乾脆得令人驚訝。雖然篠田質問羊子，但總有些懷疑——不，他希望是馬淵奈奈弄錯，羊子的表現卻搞得他驚慌失措。

「爲、爲什麼一直瞞著我？」

「倒也不是瞞，只是覺得跟你說，你一定會不舒服。」

「妳居然能滿不在乎地跟交往過的男人一家相處。」

羊子爲沒說出這件事道歉，平靜地解釋在認識篠田以前，便與水嶋分手。正因兩人之間完全結束，才能當成朋友往來。

水嶋選擇和初音結婚，所以羊子退出。

如果篠田是羊子，或許會對拋棄自己跟別的女人結婚的男友戀戀不捨——不，會感到憤怒，不管怎樣，一定會殘留強烈的感情。一般都認爲女人比男人冷酷，但他不覺得感情能說斷就斷。羊子彷彿讀出篠田的心思，補上一句：

「我傷心了一陣子，幸好有人把我救出泥沼。」

「誰？妳還有別的男人嗎？」

篠田臉色一變，羊子咯咯笑道：

「討厭，當然是你啦。」

「咦？」

羊子雙頰羞紅，說因爲現在很幸福，才能把水嶋當成普通朋友。儘管是這種狀況，在羊子抬眼注視下，篠田不由得心生愛憐。

「妳和水嶋的關係，眞的在我們婚前就結束？」

「這還用說嗎？我有你和小眞小實啊。」

「既然如此……」猶疑著嚥回肚裡的話，在喉嚨深處散發出熱氣。篠田無法承受陣陣灼燒的痛楚，呻吟般問：

「小眞和小理爲何會長得那麼像？」

羊子的臉上掠過一抹狼狽，像是眞有不可告人的祕密。如火灼燒的喉嚨彷彿灌進冷水，迅速冷卻，篠田渾身顫抖，毫不留情地抓住羊子的肩膀。

「好痛，別這樣！」

門縫突然露出一張羊臉，篠田嚇一跳。原來是穿睡衣的小實抱著羊布偶。

「媽媽，怎麼啦？」

篠田發現羊子痛得皺起臉，連忙鬆手。

「小實，對不起，吵醒妳了嗎？媽媽沒事。」

羊子擠出笑容抱緊小實。篠田想走近女兒，卻倏然止步。小實身後的黑暗浮現一張蒼白的臉，是小眞。篠田目不轉睛地注視那張臉，然而，不管再怎麼努力，端正的五官上都找不到一絲一毫自己的基因。

隔天早上醒來，只見熨好的襯衫、西裝和領帶都準備妥當，玄關擺著擦得發亮的皮鞋。這些都是羊子平日在做的事，今早卻覺得一切別有用心。

後來羊子說，小眞和小理會長得相像，是因爲他們特別要好，把他們形容得彷彿廝守大半輩子的老夫老妻。接著，她諂媚地笑著補充，孩子的長相會變，再像也只有現在而已。雖然想相信，但羊子那一瞬間的狼狽神色，烙印在他的腦海，揮之不去。

篠田懷著鬱悶的心情，拜訪企業重整律師喜多川的事務所。對方的辦公室位於摩天大樓最頂層，儘管重視機能，許多地方仍砸錢裝潢。巨大窗戶外是一片絕景，卻也威嚇著為了籌錢苦惱的篠田。不過，每當擁有一雙標誌性粗眉的喜多川圭祐笑臉相迎，篠田的緊張總會一口氣卸下。喜多川一笑，威風的眉毛就會下垂，變成和善的八字形。

喜多川才三十出頭，在律師業界算年輕，可是非常能幹。不僅工作上無可挑剔，也能對篠田的痛苦感同身受。雖然狀況嚴峻，但他支持著篠田，努力與他一起思考突破的方法。五個月前支票跳票時，稅務專家和經營顧問都沒半點用處，多虧喜多川，工廠的重建出現眉目，篠田對他寄予全面的信賴。

這天，喜多川針對可能提供融資的銀行，提出有益的建議，多少化解篠田的鬱悶。兩人用力握手，篠田忽然想到，不如跟喜多川商量與妻子有關的煩惱？身為企業重整專家，喜多川不可能協調夫妻之間的問題，不過，這個可靠的男人或許能夠助他一臂之力……

「篠田先生，怎麼了？如果還有疑慮，請隨時告訴我。」

喜多川挑起粗眉，誠懇地表示。篠田搖頭道謝，離開事務所。

從這天起，篠田開始監視羊子的行動。他想要的是貞節的證據，而非妻子背叛的證明，然而，這樣的心情漸漸動搖，對羊子的猜疑與日俱增。

他想再看一次上鎖的手機，但羊子總放在圍裙裡隨身攜帶，最近甚至帶進浴室。

羊子告知要加班晚歸的日子，水嶋似乎也很晚才回家。篠田和初音互相聯繫，確定此一狀況。雖然想跟蹤羊子，但篠田忙於重建公司沒有空閒，自然沒錢委託徵信社。

初音說，外遇的女人服裝和內衣褲會變得招搖，於是篠田趁妻子不在家，打開衣櫃。篠田連內衣褲都讓羊子準備，完全不知道東西收在哪裡，亂翻一通，總算找到妻子的內衣褲，卻不怎麼花俏。與其說鬆一口氣，他更爲自己的窩囊感到可悲，差點沒掉淚。他憤憤甩上櫃門，上方架子掉下一只皮包。剛想放回去，忽然發現布遮住架子一部分。布的後面藏著一個白色愛馬仕皮包。

公司經營順利時，爲了取悅羊子，篠田買過許多昂貴的皮包送她。可是，他不記得買過這種款式的皮包。

篠田向下班回來的妻子亮出皮包，羊子瞬間僵住般瞪大雙眼。不過，她隨即佯裝平靜，露出一貫溫和的微笑問，「怎麼了？」

「這皮包是妳買的嗎？」

「我怎麼可能亂花錢……」

「那是誰送妳的？」

羊子微微歪頭，看著白色愛馬仕皮包回答，「初音。」

爲了參加高中同學會，她向初音借皮包。

「同學會是上個月舉行吧？皮包怎麼還在這裡？」

「歸還時我向初音道謝，說朋友都稱讚很適合我，於是初音表示她看膩那個皮包，根本沒在用，便送給我。我自然是推辭，但初音表示就當我平日照顧她的謝禮，我也不好意思拒絕……」

面對實在不像用膩的嶄新皮包，羊子語氣討好，假惺惺地撒謊。那滔滔不絕的辯解背後，透露出她的心虛與大膽。

「那我可以去問水嶋太太吧？」

難道她以爲篠田顧及面子，不敢去求證這麼丟臉的事？還是，她打算收買初音，套好說詞？她不曉得篠田的尊嚴快要崩潰，也與同病相憐的初音建立起奇妙而堅定的信賴關係。

「你不相信我嗎？」

羊子眼中的淚珠愈來愈大，滾過白磁般的臉頰。羊子雙手覆臉，放聲大哭。若是過去的篠田，看到羊子哭泣一定會慌得手足無措，明明自己沒錯，卻向她賠罪。然而，現在目睹羊子彷彿再三練習過，在絕妙時機展現的淚水，他只感到一陣心寒。面對彷彿精準計算的妖豔哭相，篠田反倒不耐起來。他將硬是壓抑在心底、幾乎要咬破身體衝出的疑念，發洩在羊子身上：

「小眞是不是水嶋的孩子？」

這麼一問，羊子如彈簧人偶般抬起臉。

看起來像是吃驚，也像是意外，或是害怕。那是篠田從沒見過的表情。

「原來你這樣懷疑我？」

羊子的話聲乾涸，傾訴般的目光筆直注視篠田。

「太過分了……他們當然是你的孩子。小眞和小實都是啊……」

羊子轉身背對篠田，肩膀顫抖，這次沒出聲。強忍嗚咽、微微震顫的細肩看起來是那麼脆弱，篠田一陣狼狽，以為用絕不能說出口的話傷害妻子。後悔的情緒揪緊他的胸口，他的手伸向羊子，卻在碰到肩膀的前一刻停在半空。

羊子倒映在窗玻璃上的臉，居然在笑。

唇角如弦月般無聲揚起——

笑容浮現短短一瞬，旋即在塗著珍珠粉紅指甲油的纖指掩蓋下不見，只留下悲痛的哽咽聲。

篠田想告訴自己看錯了，卻不禁毛骨悚然。眼前的女人不是他認識的妻子，而是從未見過的、肖似妻子的別人。

隔天，篠田打電話詢問初音白色愛馬仕皮包的事，初音說那確實是她借給羊子的。

「那皮包跟羊子穿去同學會的洋裝非常搭。」

原來羊子沒撒謊，篠田放下心，但——

「羊子似乎十分中意，還給我時，要我下次再借給她。」

「咦，羊子還給妳了嗎？皮包在妳那裡？」

「是的，在我家。」

那皮包果然不是初音的，而是水嶋送她的嗎？

不知為何，篠田想起交往前，他第一次送禮物給羊子的情景。

把小盒子遞給羊子時，傳來如玻璃工藝品般的纖指柔滑的觸感、她害羞地頭微微右傾的可愛動作、隨風散發出幽香的長髮、打開小盒子後睜得大大的淡褐色濕潤雙眸、緊接著展現的春陽般笑容……

融化篠田的心的笑容，她也向水嶋展現過嗎？

「我……去跟水嶋先生談談。」

「談？你要跟他談什麼？」

話筒另一頭，初音的嗓音變得沙啞。

「不能確認他和羊子到底是什麼關係，我實在……」

快要瘋了。

「就算你問他，他也不可能老實承認啊，又沒有他們外遇的證據。況且，一旦我們鬧起來，搞不好他們會愛得更濃烈……」

「難不成要放任他們這樣下去？」

「我……我去找淺沼史枝小姐。如果真的像馬淵小姐說的，那封信是淺沼小姐寫的，或許她知道外子和羊子的事。」

篠田下班後，抵達大樓休息室時，初音的對面坐著一個戴眼鏡、表情僵硬的女子。頭髮一絲不苟地盤在後頸處的造型，一看就像飯店職員，但總覺得身上帶有陰霾。

見篠田到來，初音介紹他是堂弟，淺沼史枝立刻起身恭敬行禮。鞠躬的動作完美得如同範本。

「怎麼樣？」篠田問，初音搖搖頭。

「淺沼小姐說沒寄信。」

篠田直盯著史枝，後者不安地別開眼。

「不是我。怎麼會以爲是我……」

「不是氣水嶋先生將妳調職，才寫那種信嗎？」

史枝露出小兔子般害怕的表情，回望篠田道：

「信件是那樣的內容嗎？我不氣經理，反倒感謝他把我調到完全無關的部門……」

「完全無關？什麼意思？比起禮賓部，妳更喜歡清潔部嗎？」

可能是發現自己太多嘴，史枝抿著唇，將皮包拉到手邊。

「我……問完了嗎？我有點不舒服……」

「請等一下。淺沼小姐，方便看看這封信嗎？」

初音拿出收到的信，在史枝面前攤開。

「妳丈夫身邊，有一隻『悖德的羊』。」

看到這行字，史枝的瞳孔倏地放大，喉嚨深處小小「噫」一聲，整個人僵住。

「妳知道是誰寫的嗎？」

史枝緊盯著那封信，像人偶般不停搖頭。原本蒼白的臉頰更是失去血色，幾乎變成透明。

下一瞬間，史枝開始喘氣，按住胸口彎下身。不曉得是不是無法呼吸，她一隻手痛苦地在半空中摸索，尋找依靠似地抓住桌角。茶杯碰撞的刺耳聲響，與史枝喉嚨擠出的、模糊可怕的呻吟重疊在一起。史枝喘著氣，渾身發抖。篠田急忙要叫救護車，但初音制止他，從皮包取出紙袋罩住史枝的嘴巴，輕撫她的背。

「不要緊，慢慢吸氣。對，很棒。沒事，很快就好了。」

史枝痛苦地一再吸氣，求助般抓住初音的手。

店員上前關切，初音向店員和篠田說明應該是過度換氣，不必擔心，接著拿手帕爲史枝擦汗。

「我有類似的經驗。」

「太太也有類似的經驗？」

篠田意外地望著初音。

「非常痛苦，痛苦到彷彿會死掉。」

如同初音說的，不久後，史枝的呼吸逐漸恢復平靜。

初音拿開覆住史枝嘴巴的紙袋，問慢吞吞撐起上半身的史枝，「妳還好嗎？」

史枝濕潤的雙眸殘留幾分迷茫，仍啞聲行禮，「對不起。」

「不會，我才得向妳道歉，都怪我……」

聽到初音道歉，史枝浮現既困惑又憐憫的複雜神色。她搖頭道謝，深深吐出一口氣。

「我眞的不知道那封信。」

「可是，」篠田忍不住脫口而出，「妳爲何那麼驚訝？」

「上面寫著『悖德的羊』……」

史枝望向桌面，又害怕地別開臉。

「妳不知道信是誰寫的，但妳知道那是指誰，對不對？」

聽到初音的話，史枝大吃一驚，不停眨眼，彷彿覺得不可思議。

「不是寫出來了嗎？羊……指的就是羊子吧？」

篠田對這名字起了反應，臉頰一顫。

「妳會這麼想，是由於外子和羊子現在仍維持那種關係嗎？」

「不知道，我不想跟她有任何瓜葛。」

「什麼意思？妳和羊——篠田羊子是什麼關係？」

面對篠田的逼問，史枝不禁縮起肩膀，但在初音安撫下，她遲疑地開口：

「她晚我一年進公司，有段時期，我們三個人十分要好……」

「這是指妳、羊子和水嶋嗎？」

初音問，史枝搖搖頭。

「不，是千子……九鬼千砂子，她跟我同期。有時會加上水嶋經理，四個人一起去吃飯……因爲他倆交往的事，只告訴我們。」

「水嶋和羊子交往的事？」

史枝又搖搖頭，吐出意外的話。

「不是，當時水嶋先生交往的對象是千子。」

初音睜圓雙眼。

「不是羊子，而是九鬼千砂子？對方在哪個部門？」

史枝沒回答，突然改變話題問道：

「請問……老闆的身體狀況還好嗎？」

「咦，家父嗎？病況已穩定下來，但他年紀大，暫時沒辦法出院。」

「這樣啊。」史枝表情一沉，尋思半晌，以透著恐懼的目光懇求道：
「能不能答應我，絕對不會告訴羊子是我透露的？」
初音點點頭，史枝仍不安地皺著眉，斷斷續續述說起來。
「以前和水嶋經理交往的九鬼千砂子是個大美人，學生時代曾獲選爲校花，兩人相當登對。」
兩人交往順利，但某一天，水嶋誤會千砂子勾搭上別的男人，便拋棄她。千砂子大受打擊，情緒變得不穩定，好不容易快振作起來時，聽聞史枝目擊到羊子摟著水嶋的腰進入飯店客房。千砂子得知兩人交往，難過地告訴史枝是羊子陷害她。引發千砂子劈腿疑雲的對象，似乎是羊子的朋友。
「千子逼問羊子，羊子反倒惱羞成怒，說她沒有證據，少血口噴人。千子爲了和水嶋先生復合，似乎努力尋找羊子陷害她的證據，證明自己的清白……」
篠田聽到這裡，懷疑是那女人無故懷恨羊子，才寫下這封信。
「如果九鬼千砂子還在飯店，能不能麻煩妳請她過來？」
不知爲何，史枝的眼睛倏然瞪大，小聲到幾乎聽不見地回答「不行」。
「今天不行，明天也可以。」

「明天後天都不行！」

史枝突然激動大喊，又急忙低聲解釋：

「九鬼千砂子……失蹤了。九年前，她說快要找到證據，請假不知去哪裡，從此下落不明……」

篠田傻住，與初音對望。

「怎麼找都找不到她，我也向警察求助，但警察表示沒有捲入犯罪的可能性，只能當失蹤處理。那時千子情緒很不穩定，大家都以爲她是厭倦一切，離家出走……」

只有了解內情的史枝懷疑羊子，提出質問，但羊子聲稱什麼都不知道。史枝不相信，纏著羊子想問個水落石出，身邊卻接連發生令人不舒服的事。

「職場傳出難聽的流言，像是我講同事的壞話、跟客人有不檢點的關係等等。」

即使是些小事，但累積起來，職場的氛圍也會改變，史枝遭到孤立。每天回家後，還會接到幾十通陌生男子的騷擾電話。好像是有人在網路上公開史枝的住處電話，並附上煽情的留言。

各種小騷擾接二連三，史枝漸漸被逼到受不了，終於生病住院。騷擾電話害得她與丈夫感情破裂，必須獨自撫養年幼的兒子。返回職場後，她再也不敢跟羊子有任何瓜葛。

「我一直很擔心千子，但又不能辭掉工作……」

「有證據指出那些是篠田羊子策畫的騷擾嗎？」

篠田一問，史枝搖搖頭：

「不，沒有證據。可是……」

史枝停頓，帶著傾訴的目光望向篠田和初音。

「我一停止追查羊子的所作所爲，騷擾立刻停止。」

篠田不禁語塞。他實在不認爲羊子會做這種事，但——

他想否定，腦海卻浮現羊子倒映在玻璃窗上的扭曲笑容。

「外子沒尋找千砂子小姐嗎？就算分手，畢竟他們曾是戀人吧？」

「不管我說什麼，水嶋經理都聽不進去。他爲羊子意亂情迷，所以一年後，得知水嶋經理與夫人結婚，而不是跟羊子，我非常驚訝。」

「意思是，他們……婚後也維持關係？」

初音痛苦地問，臉色蒼白得不輸剛才的史枝。

「我不知道。不過，我說出這些，是不希望夫人變成和千子一樣。」

「妳是指，水嶋會被搶走？被羊子搶走？」

「我覺得時限逼近了……」

「時限？」

「就是生產。羊子丈夫的公司，經營狀況岌岌可危吧？」

篠田不禁想怒吼「危機早就過去」，每個人都提起這件事，難道是羊子四處宣傳？

「她埋怨自己誤上泥船嗎？」

「泥船？羊子嗎？她應該不會說有損自己形象的話。現在周圍的人都當她是爲家庭犧牲奉獻的賢妻良母，她似乎喜不自勝。」

「喜不自勝？」

「羊子相當在意別人怎麼看她。雖然外表清純，羊子對錢和物質的執著非比尋常，她不可能忍受窮困的生活。這一點，羊子應該比任何人清楚。」

「這……」初音傾身向前，「跟妳提及的『生產是時限』有何關聯？」

「羊子現在懷孕五個月，她是半年前回飯店工作的吧？肚裡的孩子……眞的是羊子丈夫的嗎？」

篠田和初音同時倒抽一口氣。史枝毫不猶豫地打開兩人刻意不去正視，甚至假裝不存在的禁忌盒子。

「妳是指，那是水嶋的孩子？」

初音的話聲顫抖著，十分沙啞。

「雖然沒有明確的證據，但我猜羊子回歸職場，是爲了和丈夫分手，與水嶋經理重修舊好……果眞如此，她正準備從泥船跳槽到豪華遊輪，不可能犯下懷上泥船孩子的失誤。羊子是個精打細算的女人。」

篠田和初音啞然失聲，史枝繼續道：

「夫人，請千萬要當心。如果老闆眞的……眞的過世，夫人又有個什麼萬一，老闆的財產會全部落入水嶋經理手中，對吧？」

若是不久前的篠田，或許會想痛揍眼前的女人一頓。然而，此刻他無法反駁半句。果然是妻子倒映在暗窗上、如陌生人般的笑容，棲宿在心底的緣故嗎？

唯一值得安慰的是，初音沒把淺沼史枝的話當眞。

初音想找羊子談談。羊子接下來的休假是在兩天後，不巧篠田的工作排不開——要跟公司最重要客戶的大型建商「野木房屋」開會。不過初音表示，或許只有女人私下對話比較好。

受邀的羊子說難得休假，不如帶孩子去附近的自然公園，於是當天早上初音開車到篠田家。

在門口送別時，篠田與初音交換眼神。他覺得在兒童座上揮手的小理，長得比在輕井澤見到時更像小眞。

篠田抵達公司不久，「野木房屋」的負責人通知臨時取消會議。篠田猶豫著要不要前往自然公園，但該處理的工作堆積如山。他打消念頭，決定交給初音。解決幾個案子後，他造訪金融機關，尋找新的放款機會。

來到某金融公司的服務窗口，胸前口袋裡的手機響起。是羊子打來的。

「我在忙，等一下再……」

打回去——篠田剛要這麼回答，羊子卻慌亂地打斷。

「親愛的，怎麼辦……」

篠田立刻聽出羊子的驚慌，不禁一陣戰慄。

「怎麼？發生什麼事？」

「孩子掉進池塘……」

「掉進池塘？是小實，還是小眞？他們不要緊吧？喂，羊子！」

篠田拚命呼喊電話另一頭陷入恐慌的妻子。

篠田趕到醫院，哭得雙眼紅腫的羊子待在大廳。

「小實在哪裡？小眞呢？」

面對激動的篠田，羊子嚇得說不出話。篠田抓住她的胳臂，用力搖晃。

「小實和小眞怎麼了？他們在哪裡？」

「在家裡……」羊子啞聲回答，微弱到幾乎聽不見。

「在家？」

「我請媽帶他們回去。」

「什麼？眞的嗎？他們眞的沒事嗎？」

篠田鬆一口氣，癱坐在地。趕來途中，他一邊跑，一邊拚命祈禱孩子平安無事。不只是小實，當然也包括小眞。即使要拿性命交換，篠田都想保住他們。他痛切體悟，兩人都是自己的寶貝孩子。

「那妳怎麼在這裡？是誰掉進池塘？」

篠田轉頭問，羊子「哇」地放聲大哭。

「都是我害的……都是我……」

篠田趕往加護病房。病房前，水嶋摟著初音的肩膀，注意到篠田後，他抬起頭。

掉進池塘的是小理。

水嶋安撫般拍拍初音的肩膀，起身走到篠田身旁。

救護車送達醫院時，小理的呼吸和心跳停止，經過心臟按摩、插管和投藥等緊急治療後，終於能取下氧氣罩，但仍昏迷不醒，情況危急。

篠田向水嶋深深行一禮。

他從不停啜泣的妻子口中問出，初音去洗手間時，將小理交給羊子照顧，不料，趁羊子稍微不留神，小理離開廣場，摔落池塘。直到剛才都還在擔心自己孩子的篠田，痛切體會水嶋和初音是多麼難受，心頭一緊。

走近想向初音賠罪，看到她的神情，篠田忍不住倒抽一口氣。

初音沒流淚，毫無生氣，也沒流露任何情緒。那張白紙般蒼白的臉，宛如幽魂或廢人。一想到過度的悲傷與恐懼，讓初音停止思考，把她的心神帶去別的地方，篠田的胸口隱隱作痛。這是一個可能會失去獨子的母親。面對悲慟的初音，篠田不知該說什麼。

背後一陣動靜。羊子啜泣著，搖搖晃晃從走廊過來。她在篠田身旁崩潰般跪倒，向初音和水嶋深深低下頭，劉海幾乎貼到油氈地板。羊子彷彿從喉嚨深處擠出聲音，不停低喃「對不起」。

「對不起、對不起、對不起、對不起、對不起、對不起、對不起、對不起、對不起、對不起、對不起、對不起……」

羊子念咒般的話聲傳進耳中了嗎？初音的臉上出現細微的變化。表情像廢人般文風不動，雙眼及微微放大的瞳孔卻恐懼得顫抖。

初音閃避羊子似地轉身，卻失去平衡摔落椅子。水嶋嚇一跳，要扶起初音，但初音甩開他的手，渾身僵直地瞪著羊子。拒絕羊子的初音，眸中掠過一絲恐懼，篠田冒出一個念頭。

初音也許是在懷疑。

懷疑小理不是意外摔落池塘，而是被推下去……

羊子身體不適病倒，有段時期差點流產，但總算撐過去。

篠田代替羊子，每天去探望小理。然而，小理一直沒恢復意識，小小身軀插著多到可怕的管線，持續昏迷。

初音總是守在小理身旁。如同發生意外當天，她沒哭，也不說話，雙眼毫無生氣地看著兒子。篠田向她搭話，她幾乎沒反應，彷彿變成一具行屍走肉。比起醫院中的病患，初音像是遭到更嚴重的恐怖疾病侵蝕。每次見初音這副模樣，對羊子的懷疑好似污泥般沉積，逐漸堵塞篠田的胸口。

那天，羊子、初音及三個孩子，待在自然公園中設置遊樂器材的廣場。初音將小理託付給羊子，去公園大門附近的洗手間。羊子說，初音剛離開廣場不久，小實跑過在盪鞦韆的小眞前方，被撞到後，跌倒大哭。羊子嚇一跳，衝上前確認小實沒受傷，鬆一口氣，接著一回頭，小理已不見蹤影。

篠田瞞著羊子，帶小眞和小實到自然公園。

小理摔落的池塘離廣場有些遠，實際走一趟，大人要三分鐘。雖然三歲小孩也走得到，但小理怎會獨自前往那麼遠的地方？是追趕小貓之類的，太過忘我嗎？魯莽的小實很可能發生這種情況，不過小理和小眞一樣，個性謹慎，連爬上溜滑梯都小心翼翼，慢到讓人看不下去。

篠田要求小眞和小實重現當天廣場的狀況，發現羊子關注小實、沒留意到小理的時間，頂多只有一、兩分鐘。羊子察覺小理不見，便吩咐小眞和小實在廣場等著，立刻趕往池塘。

妻子後來的行動，篠田向羊子反覆詢問過許多次。

羊子呼喊著小理，穿越通往池塘的唯一路徑。不管是途中或池畔都沒看見小理，她便折返原路，向從洗手間回來的初音說明情況。初音很在意池塘，沿羊子走過的路徑前去查看，目睹孩子漂浮在水面。

這裡有個疑點，初音應該也耿耿於懷。

從廣場到池塘只有那條路，身爲大人的羊子用跑的，怎麼可能追不上三歲的小理？而且，明明來到池畔，羊子卻沒瞧見小理。

篠田實際一走，暗想小理可能躲在羊子看不到的地方，比如大樹後方、高高的草叢裡，或池畔的小屋。但羊子呼喊小理的名字，小理不太可能沒聽見。

爲何小理沒回應羊子的呼喚，羊子也沒能找到小理？

萬一這番敘述根本就是謊言呢？

其實羊子半途就找到小理，卻沒帶回廣場，而是抱起他繼續走到池畔，把他推下去……

篠田急忙甩開這個恐怖的想法。

警方訊問過羊子。事發當時是平日，公園似乎頗爲冷清，不管路上或池畔都沒人目擊小理或羊子，經警方調查後，判斷是意外事故，應該沒有殺人未遂的疑慮。最重要的是，羊子不可能殺人。

篠田帶著兩個孩子回到家。羊子正躺在床上，額頭布滿汗珠，夢魘得十分厲害。長髮貼纏在白皙的脖頸，彷彿擁有意志的異生物。俯視著羊子像要擺脫什麼般搖頭、甩亂頭髮的模樣，篠田益發不安。

不可能是羊子將小理推落池塘，但羊子有動機。

明年小理就要上幼稚園。暴露在更多人的環境下，一定會有人爲小理和小眞相似的長相感到驚訝。

如同聽美和淺沼史枝提到的，羊子格外在乎別人眼中的自己，極度恐懼形象受損。身爲眾所公認的賢妻良母，傳出外遇的流言，恐怕是羊子無法忍受的屈辱。只要小理消失，別人就不會胡亂揣測與小理肖似的小眞生父……

冒出這種想法，是受到馬淵奈奈和淺沼史枝的影響嗎？

篠田伸手要幫羊子拭汗，羊子忽然大叫著彈起。是做噩夢嗎？即使看到篠田，羊子的眼中仍有一絲膽怯，渾身顫抖。篠田十分好奇她夢見什麼，卻怕得不敢問。

當晚，篠田不斷想著背對他躺臥的羊子，遲遲無法入眠。一落入淺眠，小理就會出現。小理站在自然公園的池畔，那雙肖似小眞的眼眸望著篠田，像在傾訴什麼。不要靠近池塘！篠田想警告小理，卻發不出聲，也動彈不得，然後焦急萬分地醒來，滿身大汗。如此再三反覆，夢與現實的界線逐漸融化，變得模糊。即使醒來，仍處在一種還在做夢般窒息的感覺。忘記是第幾次的夢，有個制服警察在小理耳邊低語，小理點點頭，抬起臉張望四周，接著筆直指向篠田。篠田嚇一跳，反射性回望，發現一張熟悉的臉。原來小理指的不是篠田，而是躲在他背後的羊子。

一陣哆嗦竄過全身，篠田睜開眼。昏暗中，浮現一個俯視著他的女人身影，看上去有些像羊子，他似乎又在做夢。女人向篠田遞出一張白紙。白得像紙一樣的女人的手，彷彿發出妖異的光。觸碰到那隻手的瞬間，篠田猛然驚醒。那隻手確實有溫度，眼前的女人是羊子，遞出的白紙——是離婚證書。

篠田不明所以，茫然注視著。

麻木恍惚的腦袋裡，緩緩湧現沸騰的怒意。妳打算跟我分開，和水嶋在一起嗎？羊子哭著說，這樣下去太對不起小理和初音。她害得小理變成那種狀態，不能只有她過著幸福的日子。

不僅如此，羊子似乎察覺由於小理的事，篠田對她心生猜疑。雖然他交代過，但小眞或小實仍告訴母親，父親曾帶他們去自然公園實地驗證吧。

「爲了你著想，我們離婚比較好。」

羊子打算帶孩子回娘家，篠田狼狽萬分。他懷疑羊子是事實，可是從沒考慮過離婚。

那天，篠田懷著失去孩子的恐懼趕往醫院的途中，小眞和小實從誕生以來的種種記憶，好似洪水氾濫胸口。然後，他突然醒悟，小眞毫無疑問是自己的兒子。就算羊子曾經犯錯，小眞依舊是他的兒子，而羊子是他的妻子。今後他要保護這樣的生活，如同過往一家四口——不，迎接新生命，一家五口齊心協力活下去。

「不管發生任何事，我都不會跟妳分手。」

即使羊子眞的與小理的意外有關……

倘若能夠回到前往水嶋別墅度假之前，不知該有多好。

雖然形式微妙地不同，但篠田這個不可能實現的心願居然成眞。

隔天，出門上班的篠田聽到背後刺耳的喇叭聲。回頭一看，一輛滿是刮痕的富豪汽車駕駛座上，堂姊聰美正在向他招手。篠田走近如實反映出粗暴駕駛的凹凸不平車體，聰美便從車窗扔一只A4信封過來。

「這是什麼？」

「現在你最想要的東西，我拜託朋友驗的。」

篠田一頭霧水地開封，裡面裝著DNA親子鑑定報告書。一行字躍入眼簾，「親子關係概率值99·999%。」

「這是……？」

「小眞確實是你的種。」

「等一下，妳怎麼調查的？我又沒提供唾液……」

說到一半，篠田忽然想起上次碰面時，聰美拔了他的頭髮。聰美得意地鼻翼翕張，說她對小眞沒這麼粗魯，只是謊稱要檢查感冒，拿專用的棉花棒抹擦他的口腔內側，取得細胞。

「這……絕對不會錯吧？」

「99·999%不會錯，要感謝我啊。多虧有我，你不必殺死狄絲迪蒙娜。」

「狄絲迪蒙娜？」

「奧賽羅的妻子。丈夫懷疑她外遇，於是殺死她。附帶一提，奧賽羅後來發現妻子是清白的，便跟著自殺，是一齣淒慘到家的悲劇。我救了你一命，下回要請我上高級餐館喔。」

聽美留下這些話，突然發動破爛到教人同情的富豪汽車，轉眼消失無蹤。

自從在水嶋的別墅見到小理後，一直沉沉籠罩篠田的迷霧散去，視野豁然開朗。小眞是我的兒子……篠田無法克制逐漸沸騰的歡喜，兩階併成一階地衝上車站樓梯。

上班前，篠田去醫院探望小理。初音雖然像人偶一樣缺乏表情，但幾天前開始，能夠與人應答。小理還沒恢復意識，篠田猶豫著該不該說，不過小眞不是水嶋兒子的事實，應該能帶給初音一些鼓勵。

面對低頭行禮的篠田，初音帶著空洞的目光頷首回禮。篠田來過好幾次，但除了第一天晚上，他一次也沒遇到水嶋，是探病的時間不巧錯過嗎？

出乎篠田的意料，初音對ＤＮＡ鑑定結果沒太大反應。她理當明白其中的意義，卻只低喃一句「這樣啊」，隨即改變話題。

「恐怕太遲了……」

「太遲了？」

「之前，我不是曾拜託你留住羊子的心嗎？」

「妳說太遲了，是什麼意思？」

「水嶋會拋棄我和小理。」

爲什麼會這麼想？篠田追問，初音沒回答，又改變話題。

「他的書房有個上鎖的抽屜。那是他的寶箱，你猜裡頭放著什麼？」

初音眼中毫無感情，嘴角卻奇妙地歪曲，彷彿在笑。

「全是羊子給他的情書和紀念品。昨天，那些全部清空。」

水嶋打算帶著寶箱裡的東西離家——初音語氣平板地淡淡訴說。那童稚的語調不同以往，初音像是遭到附身，篠田感到一陣涼意。他表示要趕去公司，致歉後匆匆準備告辭，初音又問：

「你知道羊子在哪裡嗎？」

「在上班，她從今天起回去工作。」

「騙人，羊子應該和水嶋在家裡。」

「咦？」

「錯不了，剛才我聽到他打電話給羊子。如同淺沼小姐說的，他們打算在孩子出世前重修舊好。」

篠田半信半疑，一時不知所措。初音盯著他，喃喃低語：

「怎麼不乾脆連肚裡的孩子一起鑑定……」

前一刻的歡喜，因初音的一席話煙消霧散。

篠田打電話回家，果然沒人接。比起羊子，他更擔心初音的精神狀態。

趕往公司途中，篠田掏出手機。以防萬一，他想打到羊子工作的飯店進行確認。如果羊子接起電話，慰問一下她的身體狀況就好。但他還沒撥號，手機搶先響起。負責會計的部下，悲痛地告知「野木房屋」破產的噩耗。

篠田衝到喜多川的事務所求救。由於沒預約，差點吃閉門羹，但他拚命懇求，櫃檯總算向喜多川通報。

「野木房屋」的訂單占篠田公司營收的四成，是最大宗的客戶。缺少「野木房屋」的款項，票據無法兌現。篠田希望最起碼拿回已交貨的自家產品，前往「野木房屋」的倉庫，想撬開鐵門，卻遭趕來的保全人員制止。

看到八字粗眉的喜多川一貫的笑容，篠田總算鬆一口氣。「野木房屋」倒閉的消息已轉告祕書，喜多川一定會傳授妙計，幫他度過難關。喜多川向篠田確定幾件事，離開打幾通電話，掌握狀況後，詢問篠田：

「你能準備三百萬圓嗎？」

「三百萬……一時是沒辦法，但要是這樣就能免於連鎖倒閉……」

「不，不是的。很遺憾，三百萬圓是辦理破產需要的錢。」

「請等一下，我絕不會讓公司倒閉。錢的方面，就算向親戚或高利貸借……」

「最好不要。」喜多川語氣強硬地制止，臉上不再是八字眉。

「勉強繼續經營，只會將身邊的人一起拖進泥沼。篠田先生，爲了東山再起，現在必須果斷做出決定。」

篠田渾身脫力。喜多川催促他離開，但他連站都站不起來。

篠田不記得是怎麼踏上歸途的，一回過神，已來到自家附近。該怎麼向羊子解釋？他拖著沉重的步伐，剛要走進家門前的小巷，卻看見一名男子走出來。是水嶋！篠田驚愕地停步，下一瞬間，他衝了出去。「等一下！」叫聲沒傳進對方耳中嗎？還是假裝沒聽到？篠田抵達家門時，只能目送高級轎車駛離。

篠田扼殺怒意，無聲無息地打開玄關門，看見鞋櫃上放著那只愛馬仕皮包。他湧出把皮包砸在地上的衝動，勉強克制下來。

靠著朋友的門路租下的這棟老舊透天厝，一樓和二樓各僅有兩個房間，一眼就能掃遍。羊子不在一樓，篠田回到玄關打開皮包，發現裝著皮夾和手機，也許她是想跟水嶋一起走。剛要取出手機，手背碰到某樣東西。他摸索內袋，不禁屏住呼吸。那是一枚鑽戒，就像藝人在訂婚記者會中，嵌在左手無名指上秀給大眾看的鑽戒，裡側刻著名字縮寫「K to Y」。水嶋和馬（Kazuma）送給羊子（Yoko）——

聽見馬桶沖水聲，篠田回過神。羊子果然和水嶋在一起。

篠田沒心思躡手躡腳，直接衝上樓梯，打開臥房的門。早上應該收拾整齊的被褥鋪在地上，有躺過的痕跡。

篠田茫然俯視著，背後傳來羊子的話聲：

「你怎麼回來了？」

羊子一身家居服，卻化著比平常更精緻的妝，瞪大雙眼問。

「我才要問，妳在家做什麼？」

「做什麼……」

羊子剛要開口，注意到篠田手上的皮包，若無其事地拿過來。

「我去上班，忽然不舒服，所以回來躺一下。」

羊子露出一如往常的笑容，滿不在乎地撒謊，篠田的理智頓時斷線。他抓住羊子的胳臂，將她摺倒。皮包從羊子手中滾落，錢包、手帕、手機散落一地。

「好痛！住手，寶寶……」

「誰的孩子？」

「咦？」羊子的目光瞬間凍結，隨即淡淡微笑，彷彿要隱藏慌亂。

「當然是你的……」

篠田亮出握在掌心的戒指，羊子啞然失聲，臉色驟變。

「這是什麼？你誤會了……」

篠田按住羊子白皙的脖子，讓她閉嘴。怒意湧上心頭，他渾身發顫，掐在細頸上的手也抖個不停。指頭碰到羊子的家居服，發出蟲子飛行般乾燥刺耳的聲響。約莫是聽到那聲響，羊子泫然欲泣的表情忽然歪曲，看似在竊笑。

腦袋的中心麻痺，一道聲音在耳底不停咒罵羊子，慫恿篠田。像受到那聲音驅使，他用盡全力壓住羊子的脖子。羊子瞪大的雙眸明顯浮現怯意，拚命掙扎著想逃離，但篠田不放過她，左手疊在掐住脖子的右手上，加重力道。

嗡嗡嗡嗡，一陣不愉快的聲響害得篠田渾身一震，停下動作。羊子的手機在地上震動。篠田鬆開手，羊子激烈嗆咳起來，一邊要去拿手機。篠田揍她一拳，搶走手機。打開掀蓋，螢幕顯示水嶋的名字，篠田默默按下接聽鍵。

「我是水嶋……」

聽筒傳出水嶋難得焦急的聲音。

「剛才告訴妳的事成眞了。我馬上去接妳，跟我一起走吧。」

「羊子不會去。」

電話另一頭似乎倒吞一口氣，應該是聽到篠田的話聲嚇一跳。

「篠田先生？羊子……羊子呢？方便請她接電話嗎？」

「你想幹麼？不准再打來。」

「爲什麼？啊，不，沒時間多談，你也行，請幫我轉告她。」

你要侮辱人到什麼地步才甘心？篠田憤憤不平，然而，水嶋接下來的話完全出乎意料。

「小理已恢復意識。」

「咦，小理醒了？眞的嗎！」

水嶋告訴篠田，小理恢復意識後，說出奇怪的話。

他不是自己掉進池塘，而是被推下去。

篠田反射性地望向按住喉嚨、虛弱倒地的羊子。不是憤怒，他恐懼得不停顫抖。

「小理說出眞相了嗎？是……是誰推他？」

「嗯，他說……」

水嶋長嘆一口氣，接著道：

「是媽媽推他的，所以警方帶走初音。」

聽到意料之外的名字，篠田十分錯愕。初音是小理的媽媽，不可能殺害小理。

「眞是那樣，可能會給羊子添麻煩……」

「怎麼會給羊子添麻煩？況且，初音怎麼可能把自己的孩子推進池塘？」

「小理是初音生的，但小理不是初音的孩子。」

篠田耗費一段時間，才理解水嶋痛苦地擠出這句話的意義。

警方依殺人未遂罪嫌，逮捕水嶋初音。

爲何對自己的孩子痛下殺手？面對訊問，初音供出理由。

水嶋理是初音懷胎十月生下的孩子，但與她沒有血緣關係。

由於早發性停經，初音無法排出卵子。透過體外受精，她懷上水嶋的孩子。卵子是初音懇求羊子提供的。

四年前，初音找羊子商量。羊子理解她的痛苦，但認爲告訴篠田會遭到反對，便決定悄悄提供卵子。初音拜託羊子不要告訴任何人，羊子忠實地信守承諾。

小眞和小理會那麼相似，並非因爲小眞是羊子和水嶋的孩子，而是小理的基因來自羊子的卵子。

得到小理的初音非常感謝羊子，全力協助羊子重返飯店工作。這時她聽到傳聞，知道水嶋和羊子曾有一段情，十分不安。調查的過程中，初音發現水嶋將與羊子有關的紀念品珍藏在抽屜裡，仍對羊子戀戀不捨，不禁大受打擊。

他們會在羊子居住的地區購屋，及強烈希望羊子提供卵子，全是水嶋的意思。

比任何人都重視水嶋的初音，親手撫養著水嶋與他心愛女人的孩子，精神逐漸失去平衡。

水嶋愛著羊子，想跟羊子和小理組成血緣相繫的眞正家庭。

我這個絆腳石遲早會遭到拋棄。

爲了避免悲劇成眞，我必須盡快設法……

那天在自然公園，初音去洗手間的路上，聽到小實的哭聲回頭後，與獨自玩耍的小理對上目光。被逼到絕境，陷入扭曲思緒的初音招招手，抱起小理跑向池塘，衝動地要將孩子扔進池塘。然而，初音無法將完全信賴她、安心讓她抱著的小理沉入水中，一度打消念頭。

聽到羊子呼喚小理的名字，初音暫時和小理躲在池畔的小屋。此時，小理回應羊子呼喚般展露笑容，那張臉與羊子的臉重疊在一起……初音在小理身上，看見誘惑水嶋似地微笑的羊子，陷入恐懼。爲了抹消威脅她幸福的骯髒女人，她把懷中的孩子扔進池裡。

寫著「悖德的羊」的匿名信，出自初音之手。至於愛馬仕的皮包，就像羊子說的，是初音贈送，裡面的鑽石戒指應該也是初音動的手腳。

水嶋身邊的悖德之羊，就是罪孽深重的初音自身。

但篠田無法責備初音。他和初音一樣，是懷疑摯愛伴侶對自己不忠的奧賽羅。當時水嶋若沒打電話來，篠田可能已掐死無辜的羊子。如同殺死狄絲迪蒙娜的奧賽羅……

毫無預警地，夏天不知不覺到來。

之所以會有這樣的感受，羊子認爲是種種風波如怒濤般洶湧而至，歲月一眨眼流逝的緣故。

兩年前的夏天，也是全家一起停留在這座高速公路的遊樂設施。

個子雖然長高，但笑容一如當年的小眞與小實，像小狗般纏在爸爸身邊，搶奪泰山繩。

看著家人，羊子感覺時間這溫柔的靈藥，將會治癒她內心受到的創傷。

兩年之間發生不少變化。當時只有四個人，現在是一家五口。羊子調整遮陽罩，以免在嬰兒車裡熟睡的孩子，那英武的粗眉直接晒到太陽。

當時肚裡的孩子平安出生，長得非常像爸爸，取名爲「相」。爸爸說是含有互相扶持的意義。

爸爸的事業相當順利，一家人比那時幸福太多。

羊子花費不少時間，才克服差點被殺的恐怖體驗。如今她認爲，遭遇那種狀況，毋寧是好的。

要不是那個人做出那麼殘暴的事，也不可能答應離婚……

羊子揚聲呼喚「來吃便當吧」，三人爭先恐後跑過來。

一如往常，小眞和小實吃熊貓三明治，然後，再把爸爸的最愛、塗滿芥末醬的烤牛肉西洋菜三明治遞給他。

三人一起張口咬下，笑容滿面地一同稱讚，「好好吃！」

看起來宛如眞正的親子——

歡笑聲吵醒小相。大概還很睏，他小小的手揉著惺忪睡眼。

「今年去輕井澤，但明年小相就要兩歲，暑假到夏威夷的別墅吧。」

喜多川垂下八字粗眉微笑著，抱起小相。小相和爸爸如出一轍的眉毛舒展開來，快樂地笑出聲，羊子也回以笑容。

羊子舉起左手遮擋夏季豔陽，喜多川送她的鑽戒，反射出近乎刺眼的燦爛光芒（註）。

註：喜多川圭祐的名字發音爲Keisuke，縮寫也是K。

無眠夜之羊

我應該在數羊的。

記得數到九百九十九隻還是睡不著，仰望著昏黑的天花板。裹上薄被，嘆口氣，又從第一千隻數起來。然而，不知爲何，現在我站在那幢灰色屋子前。

我怎麼會在這裡？明明是我最不想靠近的地方——

正想逃之夭夭，背後傳來女人的笑聲。

我嚇得停步，回望灰色屋子。嘲笑我的笑聲帶著鼻音，很像那女人的嗓音，但屋子的燈火已熄滅，關上的窗戶也沒有人的氣息。

是幻覺嗎？

好久無法正常入睡。或許我會就這樣無法入睡，一點一滴壞掉。

不，我又聽見了。這次是說話聲，我確實聽到了。

不是屋裡傳來的。馬路對面的公園傳來的淒涼蟲鳴中，斷斷續續摻雜著女人的聲音。只聽到女人的聲音，但她似乎在和誰說話。

對象是他嗎？

這麼一想，我的腳步被公園吸引過去。

跟他在一起時，我不曾爲失眠困擾。他非常好睡，鑽進床褥後我問「明天早上想吃什麼」，他往往應著「這個嘛……」語尾就變成鼾聲。

我喜歡他的睡臉。職場上的他能幹、自信，卻有著纖細的一面，帶點靦腆的笑容魅力十足，令女員工瘋狂，我卻覺得他難以親近。睡著後，他端正的五官會變得有些孩子氣。那張僅僅讓我看見的、毫無防備的睡臉，教我著迷不已。

若能注視他的睡臉，即使不能睡覺也無所謂，我眞心這麼認爲。但每次盼望能一直看下去，眼皮就會不可思議地變得沉重，感受著他的體溫，墜入深沉的夢鄉。

他的睡臉及體溫，對我來說是溫和且毫無副作用的安眠藥。假如他在我身邊，我應該睡得著覺。不必這麼痛苦，能幸福地迎接早晨。

然而——

來到公園入口的瞬間，女人的聲音忽然中斷，換成刺耳的嘰嘎聲在漆黑公園內迴響。

那個女人——須藤明穗在那裡。

她叼著菸，騎在紅色的羊身上。羊是彈簧式遊樂器材，明穗像孩童般晃動身體，壓得羊嘰嘎尖叫。這麼一提，我看過明穗和她的小女兒一起玩這項遊樂器材。女兒長得跟明穗小時候一模一樣，完全找不出他的影子。

沒看到他。公園內沒別人，明穗在自言自語嗎？我發現一道裊裊升起的香菸煙霧，望向前方的長椅，上面擺著菸灰缸——不是攜帶型，而是很像店裡員工休息室擺的那種沉甸甸的玻璃菸灰缸。以前曾在公園看見她將菸灰彈進啤酒空罐。與公園格格不入的菸灰缸裡，菸屁股堆積如山，也許直到剛才都還有人待在此處。定睛一瞧，明穗跨坐的羊旁邊，同一種遊樂器材的斑馬微微晃動。

不知是不是喝醉，明穗抓著螺旋狀的羊角搖個不停。她背對我，看不到表情，但也像沉浸在折磨羊的快感中。

一陣風吹過，明穗的長髮飄起來。我擔心她嘴裡的香菸會落下菸灰，抓起長椅上的菸灰缸走過去。

瞬間，身體忽然傾斜。睡意和噁心感宛如螺旋羊角在體內打轉。我摀住嘴巴，勉強撐住身體，搖搖晃晃接近明穗，啞聲呼喚，但她沒注意到我，繼續折磨身下的羊。嘰嘎、嘰嘎，羊的慘叫蓋過我的聲音，我當場蹲下。

那隻羊是我，不管再怎麼掙扎都無法逃離，只能忍受痛苦，不斷發出悲鳴。即使回家也睡不著吧。明天、後天、大後天，這種痛苦將永遠持續下去。焦灼期盼夜晚來臨的同時，卻比任何事物都恐懼夜晚的來臨，這樣的生活往後將永遠永遠持續下去。恐懼支配逐漸朦朧的意識。

嘰嘎、嘰嘎、嘰嘎、嘰嘎。

住手，那隻羊是我啊！最起碼要拯救身爲羊的我——

我站起來，高舉菸灰缸砸向女人的後腦勺。

鈍響與羊的慘叫重疊，菸灰如霧般漫舞，我慌忙閉上眼。

羊停止啼叫。我提心吊膽地睜開眼，明穗仍騎在羊背上，身體不自然地扭曲，鮮血淋漓的臉望著我。她似乎想說什麼，但嘴巴沒動，默默往前滑倒。她盯著我，從頭部開始，整個人慢慢墜向地面。

我在一動也不動的女人身旁蹲下，捻熄從她唇間滑落的香菸。不可思議的是，我沒有一絲恐懼，好似總是籠罩腦袋的沉重迷霧散去，清爽異常。

丹桂叢散發出甜香，彷彿在誘惑我。我抓住明穗無力垂下的雙手，將她拖進灌木叢深處。她雖然瘦，卻頗有重量，途中卡到樹枝，勾破像夏威夷洋裝的斑馬紋家居服腋下。那是件感覺母親會穿的歐巴桑衣服。儘管只是到住家附近，但曾打工當模特兒的明穗穿成這樣，究竟是來見誰？

灌木叢深處，凋零散落的花朵覆蓋地面，彷彿鋪著一層淡橘地毯。恰到好處的地方，插著一把有人遺忘在沙地的鏟子。我一下又一下戳開地面，徒手扒出削落的泥土。傍晚下過雨，泥土有些濕潤，但比想像中更硬、更重，感覺得挖很久，才能挖出一個足以埋人的洞。甜膩的氣味刺激鼻腔，痲痹腦袋。吸食人類血肉的丹桂，會散發怎樣的芬芳？

手逐漸累了，腰也好沉重。我吐出一口氣，擦拭汗水，心想：

今晚或許能夠熟睡……

遠處傳來鈴聲——

她掀開薄被，彈起一看，眼前是熟悉的房間。

原來……是夢。

她爲自己居然睡著感到驚訝。睡了多久？流好多汗，全身都濕透。伸手按掉的鬧鐘，時針超過六點。

小室塔子急忙衝下樓沖澡。好不容易睡著，卻又做噩夢，導致身心俱疲。

話說回來，那眞是個糟糕的夢。由於夢的情景爛透了，反倒異樣逼眞。揮下菸灰缸那一瞬間的衝擊、無力垂晃的胳臂觸感，及摻雜在橘色花朵中泥土濕甜的香氣、沉甸甸的重量，身體彷彿都記得一清二楚。

她勉強在七點前清掃完店內、將報紙上架，準時開店。

這家超商位於距離都心兩小時以上的偏僻小鎮，但在早上的通勤、通學時間還是頗爲忙碌。打工的尾賀聯絡說會遲到，塔子忙得不可開交，沒空回想那詭異的夢境。待人潮告一段落，一臉憔悴的尾賀宏樹總算來上班。

「對不起，我不小心睡過頭。」

尾賀難得遲到。塔子出聲關切，他勉爲其難地回答，「昨天聯絡不上女朋友……」

「原來你交了女朋友。」

「嗯……啊，也不算啦。咦，塔子姊，只有妳一個人嗎？阿姨呢？」

這家店直到九年前都由塔子的父母經營。父親逝世前，尾賀已在店裡工作，他都叫塔子的母親「阿姨」。

「她似乎不太舒服，今天讓她休息吧。」

「咦，眞的嗎？那妳早上一定忙翻了，眞不好意思。塔子姊，妳去休息吧，飲料我來補。」

快二十七歲的尾賀喜歡出國旅遊，一直只當打工族。他身兼多份打工，一存到錢，便跑去塔子聽都沒聽過的國家流浪。每次他請長假，排班就會很麻煩，但尾賀相當機靈，而且勤奮，最重要的是，母親靜子把他當成親生兒子一樣疼愛，所以尾賀不在期間，不得不另外僱人撐過去。

母親不在，塔子不可能休息。爲了應付中午繁忙的時段，她著手準備炸雞和可樂餅。她一邊炸東西，一邊留意店內。早上還沒現身，但今天明穗想必也會出現，一如往常得意地吹噓幸福的婚姻生活——以及從她身邊搶走的文彥。

須藤文彥曾答應與塔子結婚，而不是明穗。

兩人是在塔子以前工作的大手町網站製作公司認識的。文彥的才華與工作態度，深深吸引塔子。文彥是優秀的設計師，塔子得到他不少指導。一起共事期間，塔子對他的尊敬不知不覺轉變成特別的感情。文彥不只是溫柔，也能確實包容塔子的缺點，給予支持，於是她對文彥的仰慕與日俱增。然而，文彥已有家室。再怎麼深愛他，這段戀情都不可能實現。塔子打算放棄，文彥卻告訴她：

「希臘神話中，男女原本是背對背的一體，卻遭宙斯拆散成兩半。剩下的一半爲了恢復完整，不斷尋找屬於自己的另一半。我失去的另一半……」

文彥注視著塔子，害臊地垂下頭，故意冷淡地說：

「我覺得就是妳。」

文彥吐露內心的痛苦。由於妻子鍥而不捨地倒追他，懷上他的孩子，他才負起責任結婚，但很快就發現他們並非彼此的另一半。爲了女兒，他努力維持婚姻，如今遇到塔子，繼續現在的生活也無法讓家人幸福。

這不是假話，文彥向妻子提出離婚。跟女兒分離，他想必心如刀割，可是他仍爲了塔子，努力進行協商。

想到他的家人，塔子便深感內疚，但當文彥克服困難，向塔子求婚時，二十九歲的她忍不住歡喜落淚。

總算能夠與世上最珍貴的命定之人結成連理，塔子欣喜地向父母介紹文彥，不料，明明幸福唾手可得，卻遭到父親阻撓。

塔子嚴格的父親，不同意兩人結婚。

他堅持不能將女兒交給相差十歲，而且有過家室的男人。

文彥早處理好離婚事宜，女兒歸妻子，也解決教育費和贍養費的問題。兩人的婚姻沒有任何阻礙，可是一板一眼的父親就是不肯同意。他無法原諒獨生女跟有婦之夫外遇，犧牲別人獲得幸福，更無法原諒害女兒成爲第三者的男人。

塔子相信，即使父親反對，感情好得總被戲稱爲「同卵母女」的母親也會支持她。沒想到，唯一指望的母親，居然認爲文彥的眼神很恐怖。母親擔心，女兒跟擁有那種眼神的男人在一起不會幸福，還說比任何人都希望塔子幸福，會幫她找到更好的歸宿，拿來無數張相親照片。

文彥不斷拜訪家裡，低頭懇求父母。心高氣傲的他，居然為自己做到這種種地步，塔子非常感動。只是，不論文彥如何展現誠意，父親仍不改頑固的態度。

塔子被逼急，宣布要與父母斷絕關係。或許是震懾於塔子的覺悟，原本執意不肯答應的父親打算退讓，母親卻抓住塔子，不允許女兒擅自妄為。母親信賴的算命師告訴她，女兒和那男人結婚會不幸，所以她堅決反對，表情猙獰地責怪文彥害女兒變了一個人。文彥被罵得狗血淋頭，忍不住瞪回去。

「看到那眼神了嗎？塔子，妳看清楚沒？這個人很危險，要是抓狂，不曉得會幹出什麼事。與其讓女兒和這種人在一起，變得不幸，媽寧願去死！要是妳跟他走，等於這個男人殺死我！」

母親以不可理喻的幼稚歪理威脅塔子。

面對沒有結果的爭執，塔子身心俱疲。在歸途中，塔子遇見兒時玩伴明穗，在明穗的催促下，向她介紹文彥。得知原委後，明穗相當同情塔子，表明會支持他們，沒想到……

分手的事，不是文彥，而是明穗通告塔子。

塔子不恨文彥。長達半年之間，文彥耐性十足地陪塔子回老家，徒勞地付出，又承受太多屈辱，要是恨他會遭天譴。可是，塔子無法原諒一臉善良接近她，奪走一切的明穗。兩個月後，文彥接受關西的大型製作公司挖角，趁著轉職，和明穗結婚搬到神戶。

緊接著，父親病倒驟逝，塔子失去憎恨的對象。無處發洩的黑暗情緒，在塔子心底層層堆積，至今仍持續悶燒。

從那時起，塔子便飽受失眠煎熬。但直到不久前，只要服藥，還是勉強能夠入睡。然而，自明穗搬回這個地方，藥就失靈了。半年前，明穗和文彥帶著女兒回到東京老家，與母親同住。

文彥在青山開設自己的公司，總是早出晚歸，和晚上十一點打烊的塔子幾乎遇不上。依幾次看到文彥的印象，不論是清爽的眼神，或高中在棒球隊鍛鍊出的結實體格，都與十年前沒什麼變，在塔子內心掀起一陣波瀾。文彥不會來店裡，但明穗頻繁露面，像小時候炫耀塔子沒有的洋娃娃一樣，吹噓她和文彥幸福的婚姻生活。

「從我娘家到文彥公司來回要四小時，未免太辛苦。可是爸爸過世，只剩媽媽一個人，不是嗎？於是，文彥要我不必考慮他，多為媽媽著想。文彥真的好體貼，真的非常愛我。」

塔子說不出話，沒神經的明穗以尖銳刺耳又沙啞的聲音，繼續笑道：

「塔子怎麼不快找個對象結婚？」

這一瞬間，塔子心中有根線斷裂。

「早安，小室小姐。小室小姐？」

塔子回過神，面前出現一名微胖男子，蒜頭鼻上戴著圓框眼鏡。是以前擔任這家店業務主任的丸岡幸弘。

「啊，早安。抱歉，我在發呆。」

「妳好像很累。生意如何？」

「託你的福，還不錯。」

丸岡雖然其貌不揚，卻是能幹的顧問，塔子從他那裡習得許多超商的經營基礎。

「營業額似乎順利成長。」

「哦，附近的超市關門了……」

「不不不，不只是這樣。我看到許多努力經營的證據。」

丸岡環顧店內，讚賞下過一番心血的陳設，拿起貼上折紙小狗的手繪宣傳ＰＯＰ，滿外面打掃。

意地點點頭。本人十分嚴肅，但那副模樣像個大搖頭娃娃，相當逗趣，尾賀憋著笑，跑去

「請問今天有什麼事嗎？」

「沒有，我恰巧到附近，順便來瞧瞧。」

丸岡榮升到總公司，不再負責這家店後，仍偶爾前來關心。

「如果沒什麼問題，我就告辭了。」

「啊，好，謝謝你特地過來。路上小心。」

送丸岡離開後，尾賀立刻跑回來。

「塔子姊，妳聽說了嗎？丸哥的太太跑掉嘍。」

「咦？」

「聽說太太丟下幼小的女兒，跟別的男人私奔，丸哥不要緊嗎？不過，他太太的心情，我也不是不能理解。」

「你從哪裡聽到這些消息？」

「從哪裡聽到的？大家都知道啊，都半年前的事了。反倒是塔子姊怎會不知道？妳對別人太漠不關心啦。」

此時，警笛聲逐漸靠近，停在附近。兩人面面相覷。

「火災？」

「不，那是救護車。消防車的警笛是『嗚嗚、康康』。啊，不管那些，中午要吃什麼？」

「我沒食欲，等人潮過了，你先去休息吧。」

「啊，不是說我。」尾賀指著二樓。

超商二樓是塔子和母親的住處。

「要不要我拿點吃的給阿姨？」

「咦？啊，不用。要是肚子餓，她會自己弄來吃。」

塔子語氣不禁變得刻薄。

「哦，難不成妳們吵架了？」

尾賀十分敏銳，不愧在店裡待這麼久。

「昨天小吵一架。」

「眞的假的？挺稀奇的。啊，所以阿姨又罷工？」

這幾年，母親發過幾次脾氣，丟下工作不管。她本來就有幼稚的地方，隨著年紀愈大，這種傾向愈強烈。她會埋怨打工的女孩不聽指示，或自己沒有錯卻遭客人投訴，一點小事就鬧脾氣，關在房間不出來。

這次母親不下來，原因不是打工人員也不是客人，而是塔子。

昨天晚上，塔子告訴母親有考慮結婚的對象。

母親開心得像自己被求婚，但一聽到對象是誰，突然不高興地吐出讓塔子錯愕的話。

父親去世後，母親和塔子相依為命，一路辛苦過來。塔子想過向母親控訴十年前留下的疙瘩，但看到母親墊起腳尖陳列飯糰的嬌小背影，就一句都說不出口。

然而，昨天塔子終於忍不住大吼。聽到母親的話，她一直壓抑在心底的黑濁感情超過飽和，潰堤流瀉。一向順從的塔子爆發，母親想必十分驚嚇。事後，塔子不禁反省太操之過急……

鈴聲響起，常客唐澤夫人搖晃著龐大身軀走進自動門。

「歡迎光臨，謝謝您平日的惠顧。買炸雞，對嗎？」

「今天不是二十個，我要四十個。」

「咦？」

「討厭，不是我一個人要吃的啦。昨天兒子回來了。」

唐澤夫人的兒子就讀遠地的大學，離家獨自住在外頭。

「最近他似乎常回家。」

「就是啊，明明還沒找到工作，卻整天跟這裡的朋友玩到三更半夜，眞受不了。」

兒子回來的日子，夫人總是心情愉快，不知爲何，這天顯得有些疲憊。

「炸雞四十個，讓您久等了。」尾賀把大袋子遞過去，眼睛在笑。他暗地裡戲稱唐澤夫人爲「炸雞夫人」。

塔子在打收銀機，又聽到警笛聲，閃著紅燈的車子穿過前方馬路。剛才的警笛八成也來自警車。不停有車子跟上，不只是警車，許多人往車子行進的方向跑。提著炸雞要離開的唐澤夫人，叫住認識的店老闆問：

「欸，發生什麼事？」

「還什麼事，聽說那邊的羊丘公園找到一具屍體。」

塔子的心臟猛烈一跳，彷彿另一種生物。

「屍體？」唐澤夫人頓時倒嗓。

「這麼近，眞是嚇人。死掉的好像是田中家的明穗。喏，就是帶著老公和女兒回來的……」

店老闆繼續解釋的話聲、警笛聲、疑似看熱鬧的民眾喧嘩聲——圍繞在塔子身邊的所有聲音，瞬間消失。

那應該是夢，我才沒殺明穗——

塔子反射性地看自己的手。料理食物前應該仔細清洗過，卻沒完全洗乾淨嗎？指縫卡著一點泥土，湊上去嗅聞，有股刻印在夢中記憶的濕甜花香。

塔子不想參加明穗的守靈式。

但住在附近的兒時玩伴塔子缺席，會顯得不自然。她得極力避免做出引人懷疑的舉動。

電視新聞說，明穗是頭部遭到鈍器敲擊致死。

拿菸灰缸砸明穗的情景不是夢，而是塔子實際下的手嗎？

九年多來，塔子不斷希望明穗去死，在想像中動手過好幾次，卻沒殺害活生生的明穗的眞實感。然而，玻璃菸灰缸沉甸甸的重量，及砸向對方腦袋時麻痺般的衝擊，依然殘留在手上，是千眞萬確的觸感。

自從服用安眠藥也無法入睡後，塔子不止一次失去記憶。

比方，不記得做過，卻已完成開店前的準備工作，或是坐到電腦前想叫貨，卻早以自己的名義叫好貨。在不記得去過的商店街聯誼會照片上，看到和母親一起入鏡的自己時，塔子心頭一涼。那種感覺像是宿醉的早上，明明不記得是怎麼回來的，睜眼卻躺在自家床上。她心想，一定是睡眠不足導致意識模糊，處於醒著卻會不知不覺昏睡的狀態。

那晚也是這樣嗎？她宛如夢遊症患者般離家，毫無自覺地打死公園裡的明穗？那麼，應該會留下某些痕跡。

塔子打開鞋櫃，不禁一陣錯愕。在夢中穿的運動鞋全是污泥，鞋底黏上許多踩爛的橘色小花。

塔子簡直快發瘋，但仍佯裝平靜，參加守靈式。

簽名後走近上香台，哭得不成人形的明穗母親旁邊坐著文彥。

看到強忍嗚咽、堅強地擔任喪主的文彥，愛憐與嫉妒在塔子心中交纏，激烈翻騰。她想安慰文彥，嘴唇卻抖得發不出聲。塔子向家屬席深深行禮，一次也沒正視遺照上的明穗，結束上香。

剛要離開殯葬會場，身後有人叫住她。

「謝謝妳來參加。」

只是聽到聲音，身體彷彿瞬間麻痺，動彈不得。一回頭，便看見文彥那張懷念的臉。他沒再開口，赤紅的雙眼定定注視著塔子。光是如此，塔子覺得兩人已心靈相通。

不知互望多久，遠方傳來呼喚文彥的聲音，將塔子拉回現實。

「我得回去了。」

「文彥……我……」

「嗯？」

「要是幫得上忙，什麼事我都願意做。」

文彥忽然露出寂寞的笑容，微微點頭，轉身跑回去。雖然只是寥寥數語，但他特意追上來，塔子十分開心，於是目送著他的背影。

「塔子，好久不見。」

國中同學梨本眞弓等人揮手走近。

「接到消息後，我們驚訝地趕回來。眞不敢相信，明穗居然會遇到這種事……」

「妳和明穗那麼要好，一定非常震驚吧。妳不要緊嗎？」

嘴上爲明穗惋惜，卻沒人流淚。這五個人都結婚離開故鄉，久別重逢，或許處在辦同學會的心情中。

「欸，剛剛跟妳在一起的是明穗的老公吧？妳和那個英俊老公也很熟嗎？」

果然被看見了。發現自己暴露出毫無防備的模樣，塔子一陣驚慌。

「明穗總吹噓她和老公有多恩愛，是眞的嗎？」

「咦，爲何這麼問？」

「我在想，是誰殺害明穗？這種鄉下地方，不可能出現隨機殺人魔，全職主婦的明穗會捲入麻煩，八成是私人問題。她老公那麼帥，一定相當有女人緣，若是老公外遇……」

眞弓一頓，直盯著塔子。

「那麼，外遇對象有殺害明穗的動機。」

眞弓意有所指的話及眼底的笑意，撩起塔子的不安。

「欸，殺死明穗的凶手是誰，妳應該知道些什麼吧？」

冷汗滑過背脊，我受到懷疑了嗎？

「再不然，會不會不是老公，而是明穗外遇？」

「咦，不會吧。不過，明穗愛勾引男人，滿有可能。」

塔子被逼急，脫口敷衍道：

「或、或許吧。」

「哎呀，眞的嗎？明穗搞外遇？她告訴妳的？」

「啊，不，我不是直接聽她說的……」

塔子一時語塞，於是眞弓擅自解釋。

「對了，塔子家開店，會聽到許多有的沒的嘛。」

「對方是怎樣的人？」

「這……細節我就……」

眞弓她們興奮地談論，一定是外遇對象殺害明穗。塔子逃離她們，深深嘆氣。

她以爲只要明穗不在，就能夠安眠。

然而，如今安穩的睡眠離塔子更遠。她裹著被子，飽受不安的煎熬。

實在不該跟眞弓她們多嘴。

明穗和文彥過著幸福的日子，才不可能外遇……萬一眞弓告訴警察，之後警察來找她問話怎麼辦？

該向母親坦承，可能是自己殺死明穗嗎？

塔子剛要坐起，忽然想到大前天的母親。

表明將要結婚時，母親像聽到外國話般無法理解，愣在原地。幾秒後，她臉龐一亮，抱住塔子。

「討厭，有那種對象，怎麼不早點告訴媽？妳們什麼時候交往的？媽完全沒發現。怎麼瞞著媽？可是，眞的太好了，媽總算能放心。啊，得向妳爸報告。他一直很擔心妳，一定會欣慰得哭出來。」

母親的話聲比平常高半個音，滔滔不絕說著，轉身要去供奉父親牌位的佛壇合掌膜拜，突然「哎喲」一聲，噗哧一笑。

「媽眞是的，一個人講個不停，也沒問到重點。媽太開心，忍不住樂過頭。嗳，高興到眼淚都流出來。」

母親抓起桌上的布巾按住眼頭，雙眸晶亮地望向塔子。

「然後呢？」

「咦？」

「討厭，當然是問妳對象。他是怎樣的人？」

「噢，媽也認識。」

「咦！」

母親用全身表現驚訝，就像廉價的戲碼。

「媽認識的人……噯，不會吧，難不成……」

母親充滿期待的雙眼睜得大大的。

「宏樹嗎？是尾賀宏樹，對吧？」

母親捂住嘴巴，開心得顫抖，那模樣媲美榮獲奧斯卡獎的女星，尾賀的姓名最後一個字，變成幾乎傳遍大街小巷的歡喜女高音。

母親由衷希望我和尾賀宏樹結婚，繼承店面嗎？

塔子莫名可憐起母親，有股衝動想爲了她回答「嗯，對啊」。但不管母親再怎麼中意尾賀，塔子也不可能和他結婚。即使塔子如此希望，尾賀恐怕不想討一個年紀長他一輪的大姊當老婆吧。

「媽，對不起，不是他。」

塔子在心中爲無法成全母親的願望道歉，總算說出口：

「我想結婚的對象……是丸岡，以前在我們店裡當業務主任的丸岡幸弘。」

母親又露出聽到外國話的表情，板起臉孔、皺起眉，彷彿在思考深奧的數學習題，接著突然大笑：

「丸岡？妳是指那個丸岡？嗳，別開玩笑。」

母親笑個不停，塔子一聲不吭。半晌後，母親終於認清這不是玩笑，不悅地沉默。那神情與十年前她帶文彥回家時如出一轍，彷彿在看重播影像。

「拜託。」母親音調陰沉得好似換了個人，「他有妻子，還有孩子啊。況且，他年紀比妳大多了吧？」

「他跟老婆離婚，有個快四歲的女兒，我還沒見過。他今年四十歲，跟我差不多。」

丸岡頭髮稀疏，外表顯老，其實只大塔子一歲，不像當初和文彥年紀相差那麼多。

母親歇斯底里地撥起自傲的長髮，假惺惺地嘆氣：

「爲什麼……爲什麼是丸岡？爲什麼妳總是……」

總是帶不像樣的男人回家嗎？母親應該知道，她那樣反對的文彥，因爲關心明穗的母親，甚至願意搬去與岳母同住，是顧家的好男人。

不，不能激動。必須謹愼傳達出心聲，這次一定要獲得母親的同意。

塔子深深嘆一口氣，試圖說服母親。

丸岡決定接受調派，前往洛杉磯的分店，塔子想跟著去。

「媽，繼續留在這裡，我恐怕會崩潰。在那之前，我最好離開，到遙遠的地方生活。」

只要去到遠離他們的異國，她應該就能睡得著，也能找回屬於自己的人生。

丸岡表示，只要母親同意，便接塔子到美國一起住。這段期間，他會負起責任，找人接管店面。丸岡願意犧牲這麼多，母親卻厭惡他，責怪塔子居然想跟那種人結婚，實在匪夷所思。

最想要的再也得不到。遭宙斯一刀砍斷的塔子半身，早屬於明穗。塔子一直相信，總有一天文彥會發現錯誤，回到她身邊，可惜願望並未實現，九年多就這麼過去。她的半身被別的女人搶走，該怎麼辦？只能搶回來。要是搶不回來，不就只能死心嗎？

假如沒有明穗……夜復一夜，塔子腦袋充滿殺掉明穗的念頭，失眠益發嚴重，超越臨界點。這樣下去，她一定會向明穗動手。爲了防止這種結局，她只能放棄文彥。所以，塔子決定斬斷十年不變的感情，選擇與不是她的半身的對象共度餘生，然而……

跟十年前一樣，沒有結果的爭論持續好一陣子，母女倆都很疲憊，愈來愈不耐煩。此時，母親的一句話狠狠傷透塔子的心。

「與其和丸岡結婚，不如當初就和須藤文彥結婚。」

那一瞬間，員工休息室的牆壁發出傾軋聲，像捏糖般扭曲。

——到底是誰害的……

分不清是憤怒、憎恨或悲哀，無以名狀的情感在胸口滾滾沸騰，導致塔子無法呼吸，並逐漸蔓延到冰冷的全身。

回想起這些，塔子失去前往母親房間探望的動力，一夜未曾闔眼，天空漸漸泛白。

塔子深深嘆息，撐起猶如千斤重的身體。電話突然響起，她一陣不安，懷疑是警方打來，顫抖著接起電話，卻聽見丸岡的聲音。

一小時後，丸岡帶著快四歲的女兒小花到店裡。

丸岡的祖父病倒，一向負責照顧小花的丸岡母親去醫院看護，而丸岡又不能請假，所以拜託塔子照顧小花一天。

「妳還要看店，眞不好意思。」

塔子搖搖頭，帶丸岡前往員工休息室。直到祖父那一代，這幢屋子都是餐廳，改裝成超商時，保留廚房的部分，鋪上榻榻米，充當員工休息室。

「讓你女兒待在這裡，可以嗎？」

一側牆邊堆著庫存的紙箱，但有大片落地窗，採光明亮，還可走到庭院——雖然小得可憐。右側的門後是樓梯，通往塔子和母親居住的二樓。

丸岡說一聲「抱歉」，踏上榻榻米，拉開蕾絲窗簾，確定庭院圍著比孩童高的水泥磚牆，爬不出去，滿意得再三點頭。

「這裡很好。她不需要人看顧，放著也會一個人玩。小花，過來。」

佇足在糖果架前的娃娃頭少女走近丸岡。宛如日本人偶的美少女，小花有著一雙令人印象深刻的秀氣細眼。即使和丸岡待在一起，應該也不會有人當他們是父女。只是，那張清秀的臉上，缺少孩童該有的表情。

「小花，這是小室塔子阿姨。跟阿姨打招呼。」

小花抱著和自己差不多高的大娃娃，抓住丸岡的褲子，幾乎聽不見地小聲問：

「……個是……子阿姨？」

「咦，什麼？不是子阿姨，是塔子阿姨。」

「哪一個是塔子阿姨？」

小花看著塔子，眼神飄向她的左斜後方。

「妳在說什麼？這裡只有小花、爸爸和塔子阿姨。」

塔子蹲到小花面前，僵硬地微笑，「小花，請多指教。」

小花不回答，喊著「爸爸」，仰望丸岡。

「那個人是誰？」

小花伸出小小的右手，指向無人的員工休息室牆壁。

小花想跟平常一樣送爸爸出門上班，於是塔子陪她走到馬路旁。小花不停揮手，直到丸岡的身影消失。塔子牽著小花的手，一回休息室，立刻問她：

「小花，剛剛妳看到什麼？我的背後有什麼？」

某些書上提過，孩童看得到大人瞧不見的東西。

「女人……」

塔子傾身向前，抓住小花的胳臂：

「那是怎樣的人？是怎樣的女人？」

大概是被塔子的氣勢嚇到，小花縮起身體，微弱地回答：

「不曉得。」

「怎麼會不曉得？妳不是看到女人了嗎？」

「唔……」小花低喃著，閉上雙眼，似乎是在回憶。

「小花，」塔子顫聲呼喚，「告訴我，那女人長什麼樣子？頭髮長不長？幾歲？跟我差不多年紀嗎？難不成她的頭在流血？喂，小花，快告訴我啊。」

抓住小花的手不自覺用力過猛，小花哭著喊痛，塔子頓時回神。

面對這樣一個小孩子，我到底在幹麼？八成是一夜無眠，才會脾氣暴躁，情緒失控。

「小花，對不起，對不起喔。對了，小花喜歡畫圖嗎？」

小花擦著淚，點點頭。

「那妳能用這些畫圖，一個人玩嗎？」

塔子將事先準備的蠟筆、圖畫紙和色紙等工具放在桌上，但小花沒看那些東西，又盯著塔子左肩後方的落地窗一帶。

塔子覺得房間的溫度陡然下降。她一陣哆嗦，提心吊膽地循小花的視線回頭，只見拉上蕾絲窗簾的落地窗。然而，小花卻注視著空無一物的地方。

「什麼？妳看到什麼？」

塔子顫聲問著，回望窗戶。

此時，白色窗簾另一頭，晾晒的衣物和丹桂叢之間一陣騷動。疑似一道人影幽幽站起，緩緩靠近塔子。

塔子尖叫著後退，不過，開窗現身的是一名熟悉的男子。

「塔子姊，怎麼啦？」

「尾賀？」

塔子全身脫力，差點當場癱坐。

尾賀的指尖飄出煙霧。店裡會抽菸的只有尾賀和母親，尾賀顧慮到塔子，通常會去庭院抽。晾晒的衣物和樹木遮住尾賀，所以塔子瞧不清楚。

「糟糕，有沒有看到菸灰缸？」

總是擺在桌上的玻璃菸灰缸不見，尾賀東張西望，發現小花。

「咦，這孩子是誰？」

小花若無其事地攤開圖畫紙，拿蠟筆畫畫。

「噢，是丸岡先生的女兒。他託我照顧一天。」

「咦，丸哥的女兒？真的假的？一點都不像……哇，好燙！」

尾賀驚叫著，甩開菸屁股。濾嘴燒焦的香菸，撞到花圃石頭彈起，掉在泥濘中。不久前母親剛重新種植球根，花圃一片光禿。尾賀說著「不妙，阿姨會生氣」，急忙踩熄，撿起菸蒂。

「燙到手了嗎？」

「不好意思，我去沖一下水。」

尾賀衝進洗手間，塔子搬出急救箱尋找燙傷藥膏。瞄向時鐘，接近開店時間。

「小花，阿姨在店裡，有什麼事就叫我……」

塔子回頭看著小花，倒抽一口氣。

小花握住蠟筆，彷彿定格在原地。看到那副模樣，塔子也動彈不得。小花又注視著塔子背後，似乎有不該存在的某種東西。

「妳在看什麼？有、有人嗎？」

塔子恐懼得啞聲詢問小花。盯著微開的窗戶縫隙，小花回答：

「馬。」

「咦……馬？妳看到馬了嗎？」

小花搖搖頭，指著落地窗，像是焦急塔子怎麼不懂，尖聲說：

「馬的衣服。」

塔子困惑地望向庭院，晾晒的衣物中沒有馬的圖案。丹桂的甜香傳來，塔子渾身一顫，連忙關上窗。

七點一開店，唐澤夫人隨即上門。

平常她都固定在中午光顧，所以塔子和尾賀還沒備妥大量炸雞，不禁面面相覷。

「早安，唐澤女士。很抱歉，如果您要買炸雞，可能得稍等。」

唐澤夫人沒理會塔子，不屑地開口：

「據說遇害的須藤明穗是妳的朋友？」

聽到對亡者毫無敬意的粗魯言詞，塔子心頭一驚。

「也不算朋友，我們從小認識……」

「她似乎是個了不得的蕩婦，眞的嗎？」

「呃？」

塔子不禁懷疑自己聽錯。

「明明有老公，卻玩弄年輕男人，誘引他們出錢供養自己，對吧？」

「這……這是誰說的？」

「還問是誰？大家都在說啊。從昨晚起，不管去哪裡，每個人都在談論那個騷貨。」

塔子一陣錯愕。昨晚的守靈式，塔子隨口敷衍，不小心對眞弓撒謊。這個謊言傳遍大街小巷嗎？居然還加油添醋，流言繼續擴散會給文彥添麻煩。

塔子焦急萬分，辯稱不曾聽明穗提起這種事。但唐澤夫人不接受，執拗地追問明穗是怎樣的女人。不管塔子講什麼，夫人都往壞的方向解釋，還不停吐出「浪貨」、「妓女」等塔子根本沒說過的偏激形容詞，最後什麼都沒買就離開。

尾賀穿過茫然的塔子身旁，走出收銀櫃檯。尾賀總戲稱唐澤夫人爲「炸雞夫人」，待她離開就會調侃幾句，今天卻一句也沒說。

「怎麼？燙傷的地方在痛嗎？」

「啊，沒有，我去一下廁所……」

上完廁所的尾賀臉色很糟，身體似乎不太舒服，但受到命案的影響，客人比平常多，無法讓他休息。不曉得從哪裡打聽到的，電視台和雜誌媒體發現塔子是明穗的兒時玩伴，找上門要求採訪，塔子根本沒空覺得累。當然，塔子不可能在鏡頭前說明穗什麼，全部鄭重婉拒。

早上的人潮過去，總算能喘一口氣，塔子想到還沒給小花吃早飯。

塔子急忙拿麵包和果汁進入休息室，看見小花躺在榻榻米上，睡得正香。一早就被叫醒帶過來，小花一定很睏。塔子替小花蓋上毛巾毯，不禁羨慕起她，同時也放下心。原本塔子有些害怕小花又吐出可怕的話……

麵包和果汁要放在桌上，所以塔子將散落在圖畫紙上的蠟筆收回盒子。挪開幾根蠟筆後，底下的圖畫躍入眼簾。她拿起以黑白兩色蠟筆畫的圖，嚇得面無血色。雖然是出自幼童筆下的笨拙圖畫，但看得出是什麼內容。

穿黑白條紋衣的長髮女人……

原來「馬的衣服」指的是斑馬。小花在無人的空間裡，看見穿斑馬條紋怪衣服的女人，這表示──

塔子環顧休息室後，落荒而逃。

拆開送來的雜誌包裝並上架，面對熟悉的例行工作，塔子背部卻冷汗直淌。陳列雜誌時，眼前的窗玻璃無可避免地會倒映出她的身影。每次抬頭，彷彿會在左肩上看見夢中明穗血流滿面的臉，塔子非常恐懼。

明穗的冤魂眞的在這裡嗎？

儘管不願相信，但小花在塔子身後看見穿斑馬條紋衣的女人。小花不可能曉得明穗那天的穿著，她能夠說中，想必是目睹明穗的鬼魂。

如果明穗的鬼魂附在塔子身上，代表是塔子親手殺害明穗。塔子強烈希望明穗死掉的念頭，與失眠的影響，導致她化爲「生靈」，徘徊在夢與現實的夾縫之間，用菸灰缸砸爛明穗的頭。

菸灰缸……

警方只透露凶器是鈍器。那個菸灰缸還沒找到嗎？掩埋屍體時，她似乎連同沾血的菸灰缸一起埋進土裡。如果找到菸灰缸，上面應該會有塔子的指紋。

這麼一想，今早尾賀說沒看到菸灰缸。夢中的玻璃菸灰缸，和員工休息室的非常相像。那是塔子從休息室拿出去的嗎？

一陣高亢的孩童笑聲傳來，塔子嚇一跳，挺直背脊。窗玻璃映入眼簾，但倒映在上面的，只有她憔悴到容易讓人誤會是鬼魂的面龐。

現在店裡沒有孩童，那是小花的笑聲。

如果她睡醒，得餵她吃飯才行。

塔子拖著沉重的腳步前往休息室，剛要開門，又傳出聲音。

「欸，下一個要做什麼？能不能做小花喜歡的？那、那……」

塔子停下動作。

小花在跟誰交談？啊，一定是小花抱來的大娃娃。塔子這麼告訴自己，打開一條門縫，冷不防四目交會——不是跟小花。小花坐在視線的死角，塔子看不見。丟在榻榻米上、逼眞得詭異的娃娃，嘲笑般仰望塔子。

「對了，馬。阿姨幫我做一隻有條紋的馬。」

阿姨？

聽到小花的話，塔子一陣哆嗦，握著門把的手滲出汗水。這扇門的另一頭，小花在和死去的明穗玩耍嗎？

「阿姨會嗎？阿姨會做條紋馬嗎？」

「會……」

聽見彷彿從腳尖爬上來的模糊女聲，塔子發出不成聲的尖叫。抓住門把的右手猛烈顫抖，幾乎要震出聲。

「太棒了！那麼，要是有大象和河馬，就會變成動物園。」

「長頸鹿呢？」

「咦，阿姨連長頸鹿都會做嗎？好厲害。」

那眞的是明穗的聲音嗎？

「哇，小花也想做一樣的。」

「沒問題。啊，要折長頸鹿，用黃色的色紙比較好。」

色紙？塔子回望麵包架上的手繪ＰＯＰ。上面熱鬧地貼滿色紙折成的貓、兔子等小朋友會喜歡的可愛動物。

「先像這樣折成一半。對，小花眞厲害。」

對，塔子眞厲害——聽出那熟悉的聲音，塔子膝蓋一陣虛軟，抓著門把當場蹲下。多麼離譜的誤會，她忍不住發笑。

她曾像這樣學折紙。第一次折出的鶴，也獲得稱讚。

跟小花玩的不是明穗，而是母親。雖然氣塔子、雖然反對她結婚，但喜歡小孩的母親，還是沒辦法丟下小花不管吧。

塔子爲自己的傻氣憋笑一陣，起身準備開門向母親道謝。

「塔子姊。」

尾賀帶著緊張的呼喚，嚇得塔子回過頭。只見自動門打開，四名西裝男子進來，顯然不是客人。這些人昨天來過，表示想看店裡的監視器畫面。他們是負責明穗命案的專案小組刑警。

年紀最大的男子凌厲掃視店裡，視線停在塔子身上。塔子宛如遭老鷹盯上的小動物，全身瑟縮，幾乎無法呼吸。男子目不斜視地走近。她會被帶去警局嗎？塔子站不穩，伸手抓住棚架，上面的堅果零嘴和煙燻食品嘩啦啦掉落。

「妳還好嗎？」刑警扶住塔子，話聲意外溫柔。

刑警要求配合調查的不是塔子，而是尾賀宏樹。

年紀較大的刑警詢問塔子，塔子坦白說出明穗的屍體被發現那天，尾賀遲到的事，但刑警不肯解釋爲何要帶走尾賀。

向塔子透露內情的，是接著上門採訪的週刊記者。

「怎麼，原來妳不知道？尾賀宏樹和死者關係匪淺。」

塔子大吃一驚。記者告訴她，除了尾賀以外，須藤明穗還和多名年輕男子過從甚密。

「她在東京和關西似乎也有男人，但警方強烈認爲，凶手應該是熟悉當地的人。」

「爲什麼？」

「咦，妳連這個都不知道？不是有目擊者出來作證嗎？說在深夜兩點半左右，看到一名男子跑出公園。不是跑到公園前面的馬路，而是後山那邊。我剛才去現場查看，那種只有動物會走的小徑，這一帶的人才清楚吧。」

「對方目擊到的是尾賀嗎？」

「不，天色很黑，看不清楚。但目擊者說是年輕人，大約二十幾歲。」

警方在明穗的外遇對象中，找到兩個符合條件的人。另一個是唐澤夫人的兒子，唐澤保仁。

「凶器呢？」

「什麼？」

「還沒找到菸灰缸嗎……」

「菸灰缸？警方應該只提到是鈍器，誰告訴妳是菸灰缸？」

「啊，不，只是聽到傳聞。」

「有這樣的傳聞嗎？不是金屬球棒，而是菸灰缸？不過，那是亂傳的吧。室內也就罷了，命案現場可是公園。」

「也、也對。呃，妳說的金屬球棒是……？」

「噢，警方還沒發正式聲明，妳別傳出去。雖然還沒找到，但依傷口的形狀來看，很可能是金屬球棒。」

「這樣啊……」

塔子放下心，全身一陣放鬆。殺害明穗的，似乎不是塔子。那果然只是一場夢。

可是，真的是尾賀殺死明穗嗎？從公園逃向後山的二十多歲男子，真的是尾賀嗎？她做夢也沒想過，明穗會和尾賀外遇。明穗三不五時光顧店裡，或許不是爲了向塔子炫耀，而是爲了見尾賀。

話說回來，明穗居然背叛文彥……

媒體一定會對明穗的外遇加油添醋，大書特書。一想到文彥會無端受人恥笑和中傷，塔子氣憤得幾乎想哭。既然明穗在外頭玩得那麼凶，她會被殺，不也是咎由自取？

背後忽然一陣陰涼，塔子回頭望去，只見買冰塊的客人，和收銀台前的打工女孩。明明應該不必再擔心，她的體內卻冷到極點，彷彿吞下冰塊。

爲什麼小花會在塔子背後，看見穿斑馬紋衣服的明穗？

如果明穗是遭到尾賀、唐澤夫人的兒子，或其他外遇對象殺害，沒理由懷恨塔子……

接著，媒體不斷找上門。儘管不安，塔子仍忙於應付。暴風雨般的一天過去，塔子對抗著逐漸模糊的意識清點營收時，丸岡下班過來。這麼晚啦？塔子驚訝地望向時鐘。小花都丟給母親照顧，後來她一次也沒去看過。

「妳這麼忙，眞對不起。小花乖不乖？」

塔子曖昧地點點頭，問丸岡，「方便談一下嗎？」

她想在客人聽不到的地方，和丸岡商量警方帶走尾賀的事。但大概是聽到丸岡的話聲，小花喊著「爸爸」，像小狗般從休息室跑過來。

「小花，我來接妳了。妳有沒有乖乖的？」

丸岡抱起小花。她沒什麼表情，把五顏六色的動物折紙遞給父親。

「你看，全是阿姨做給我的。」

「阿姨？」

丸子望向塔子，塔子連忙搖頭：

「不，不是我，是家母做的。母親手很巧，店裡的ＰＯＰ和折紙都是她做的。」

「原來是令堂在照顧小花，真不好意思。」

「不，有機會陪小花，她應該滿開心。」

丸岡想表達謝意，三人走到休息室，但塔子的母親不在。

「阿姨剛走掉。」小花指著二樓，「說是玄哥哥的時間到了。欸，玄哥哥是誰？」

那是母親每週必定收看，比三餐重要的韓劇。丸岡似乎反應過來，微笑道：

「那就不打擾她看電視。方便在這裡等到節目結束嗎？」

塔子向丸岡坦言，母親反對兩人的婚事。

「如果要見母親，最好再等一段時間。」

丸岡一臉消沉，但應該多少預料到這種情況，很快同意。

「好。我會另找時間道謝，請務必轉達我的感激。」

丸岡收拾妥當，準備帶小花回去。塔子附耳告訴他尾賀的事，他不禁睜圓雙眼：

「咦，尾賀怎麼會……？」

塔子向丸岡解釋，尾賀似乎和明穗搞外遇，有人目擊二十多歲的年輕男子逃離命案現場。

這麼一提，尾賀和文彥一樣，高中時都打過棒球。據說凶器可能是球棒，而尾賀即使持有金屬球棒也不奇怪。

「這樣啊。不，儘管如此，我實在不認爲他是凶手。」

「我也有同感，不過，我打尾賀的手機都不通。」

「大概還在做筆錄吧。眞令人擔心，先暫時觀察情況，再決定要不要通報總公司吧。我也調查一下，有消息會跟妳聯絡。」

「謝謝，麻煩你了。」

塔子行一禮，丸岡接著道：

「啊，來店裡的路上，我看到媒體像鬣狗一樣，團團包圍住被害者的家門口。那應該是死者的丈夫吧。」

遭利錐刺中般的痛楚，掠過塔子胸口。

結束告別式，帶著一身疲憊回家的文彥，因明穗成爲媒體的獵物嗎？直到昨天，他仍是妻子遇害悲劇中的丈夫，此刻卻淪爲慘遭妻子背叛、不知戴多少頂綠帽的可悲蠢烏龜。在自尊極強又脆弱的文彥心中，無疑是難以承受的屈辱。

目送丸岡和小花離開後，塔子實在坐立難安，於是將店裡交給打工女孩外出。她猶豫著要不要跟母親說一聲，但若問起她要去哪裡，可能免不了一場爭吵，她隨即打消念頭。

明穗家門前擠滿媒體記者，卻沒看到文彥。進屋了嗎？不，車庫裡不見他的愛車。那個空間彷彿連同車子吞沒文彥，顯得極爲不祥。

塔子邁開腳步，四處尋找小鋼珠店和家庭餐廳的停車場，都沒發現文彥的車子。從不示弱的文彥，這種時候恐怕沒有可投靠的朋友。此刻，他一個人在做什麼？腦海忽然浮現一幕情景。十年前，每當在塔子家遭受屈辱的待遇，文彥就會驅車前往湖畔。

雖然是人造湖，卻徹底融入周圍的景致，毫無人工的痕跡。文彥會把車子停在綠意盎然、景致夢幻的湖畔，兩人默默看著陰暗的湖面，直到文彥恢復平靜。

那座湖也是這一帶知名的自殺勝地。

塔子攔下計程車，前往湖畔。不吉利的想像不斷膨脹，她急切地走在黑暗的夜路上。

文彥的車眞的在那裡。

就在十年前兩人手牽手，隔著擋風玻璃眺望似乎要將人吸進去的湖畔。

只是，現在文彥並未看著湖。發現他趴在方向盤上的身影時，塔子差點停止呼吸，以爲晚了一步。她拍拍車窗，文彥全身一震，神情像是撞鬼。

「文彥！」

她透過降下的車窗縫隙詢問「你還好嗎」，文彥微微點頭，憔悴的臉浮現一抹淡笑，打開副駕駛座的車門。

塔子坐上車。文彥喃喃自嘲，一副走投無路的模樣，陷入沉默。

「夠好笑吧？」

眼窩深陷、臉頰瘦削，外表和十年前一樣年輕的他，這幾天竟一口氣蒼老得宛如另一個人。

文彥沒看著塔子，而是注視湖上的一點，彷彿渴望前往那裡。暗淡無星的天空與湖泊沒有界線，偌大的空間好似在招手引誘觀賞的人。只要投入它的懷抱，就能得到永恆的安眠。踩下油門，便能毫無障礙地墜落。

儘管有千言萬語，但文彥緊繃的側臉像在拒絕一切，塔子一句話都說不出口，與文彥並坐，望著漆黑的湖泊。

如同回到十年前的那一天。

當時爲何不拋下父母，和文彥私奔？要是鼓起勇氣，此時她應該過著截然不同的人生，文彥也不會被明穗害得這麼慘。

或許是感受到塔子的心情，一段漫長的沉默後，文彥擠出聲音道：

「如果……那時能跟妳在一起……」

一陣風吹得草葉嘩嘩作響，鏡子般平靜的湖面激出漣漪。

「我們重新來過吧。」

塔子完全沒考慮後果，衝動地脫口而出。她總是想太多，最後哪裡都去不了。所以，不如什麼都別想，將一切交給命運安排。

「去沒人知道我們的遠方吧。」

不需要更多的話語。

文彥默默凝視塔子半晌，發動引擎。

不管是前進或後退，只要兩人在一起，都無所謂。車子緩緩前進，塔子以爲文彥選擇投湖自盡，他卻切換成倒車，返回來時路。

這個選擇，再次拆散兩人。

車子開出去沒多久，便遭旋轉著紅燈的警車包圍。

爲什麼？殺害明穗的不是我，而是二十多歲的男人啊！

不，警方會出現，是跟蹤我，一路追到這裡。

塔子一陣恐慌，幾個眼熟的刑警來到她面前。那是帶走尾賀的刑警。尾賀果然不是殺害明穗的凶手，警方想必是找到足以證明小室塔子是眞凶的證據。

唯獨文彥，我不希望他看見我上銬的樣子。

塔子這麼想著，開門想逃，但從背後架住她的不是別人，竟是文彥。

文彥以冰冷的刀刃抵住驚詫的塔子咽喉，朝刑警大吼：

「不准靠近，否則我殺了這個女的！」

塔子無法理解發生什麼事，想回頭看文彥，卻遭刀鋒劃破喉嚨。

感受到汩汩湧出的鮮血溫度，塔子不知所措，突然想到一點。

熟悉當地，並且與明穗有親密關係的二十多歲年輕男子，除了尾賀和唐澤夫人的兒子以外，還有一人。

「情急之下，他想抓我當人質逃走。」

塔子擔心著脖子上的繃帶，告訴枕邊的母親。

警方嚴密包圍文彥，抵抗也是徒勞。文彥很快被制服，遭到逮捕。

文彥承認殺害明穗。

那天晚上，文彥聯絡明穗，說要在公司過夜加班，工作卻提早結束。回家途中，他目睹妻子在公園和年輕男子摟抱，一時氣憤，返家拿金屬球棒打死明穗。和明穗在一起的是唐澤保仁，但文彥去拿凶器時，唐澤保仁遭母親帶走，所以沒看到凶手的長相。

文彥把明穗的屍體丟在樹叢裡，準備回家。不料，一對年輕情侶擋住去路，於是他驚慌地逃向後山。將擦掉血跡的球棒埋在山裡後，他踏上歸途。然而，球棒上殘留的明穗血跡和文彥的指紋，成爲犯罪的確證。

母親默默聆聽塔子的話，臉上浮現得意的笑，像在說「妳看吧」。

塔子一直以爲，父母反對她和文彥結婚的主要理由，是文彥小她十歲。當時文彥才十九歲，尚未成年。難不成父母當時已看透他易怒的性格？

可是，塔子還是有些羨慕遭文彥殺害的明穗。畢竟，這證明文彥就是如此深愛她。十年前，文彥說塔子是他的另一半。即使跟明穗結婚，文彥和我應該也會永遠渴望彼此。因爲我們才是命中注定的一對……

直到文彥挾持塔子當人質，塔子總算醒悟這麼想的只有她。

因此，她得以斬斷對文彥的迷戀，與丸岡展開新生活——明明應該是這樣的，但又出現新的問題。

是小花。

小花「看得到」。

昨天丸岡和小花來探望她。

丸岡目睹女兒朝空蕩蕩的牆壁揮手，開心地說話，嚇一大跳。然而，現在塔子也看得到小花眼中的景象。

於是，塔子清楚想起一切。

想起那天晚上，她抓起菸灰缸砸的穿斑馬條紋衣的女人，並不是明穗。

「阿姨，今天做熊貓給我。」

小花向無人的空間遞出色紙，丸岡搶過色紙，努力冷靜地問四歲的女兒：

「小花，妳到底在跟誰說話？這裡沒人啊。」

「咦，有哇？」

「妳仔細瞧瞧，誰在那裡？」

「折紙的阿姨。爸爸，你眞的看不到嗎？喏，阿姨穿著有馬的衣服。」

合理主義者的丸岡，抓住指著牆壁的女兒的手，告訴小花那是幻覺，不可以在別人面前亂講話。

塔子暗暗想著，即使小花拿出阿姨做的動物折紙，當成不是幻覺的證據，丸岡仍會說服小花，堅稱那不存在於現實中吧。儘管那些折紙，精巧到四歲孩童絕不可能做得出來。不，就算丸岡試圖說服，小花也不可能相信。因爲小花確實看見了。

或許遲早有一天，丸岡也會像小花或塔子一樣，變成看得見。

看見怨恨地注視著她的母親靜子。

以爲遭到明穗附身時，塔子怕得不敢照鏡子。奇怪的是，不曉得是不是親人的緣故，塔子現在一點都不怕。待在店裡時，她甚至會埋怨母親呆呆站著，怎麼不幫忙補充架上的飯糰？

要是妥善祭拜，也許會消失。可是，塔子向打工人員和鄰居宣稱母親去九州的親戚家，所以不能設佛壇憑弔。

只要母親在這裡，塔子最好不要離開。她必須留在這裡，守住那小得可憐的庭院，以免任何人發現。

發現這座小庭院盛開的丹桂，散發出濃烈得宛如腐爛果實的毒臭，公園的丹桂根本比不上。不是嗅入鼻腔，而是滲透全身毛孔、近似刺痛的醜惡氣味，那是丹桂吸收母親血肉散發出的氣味。

塔子明白，最好將庭院的花圃中——包括挖起花卉球根、埋入血淋淋的玻璃菸灰缸、遭樹枝勾破的斑馬紋條衣及底下包裹的事物，用水泥封起來，永遠住在這個家。

然而，她的精神狀態瀕臨極限。

白天，母親不會對她做什麼，也沒作祟，只是靜靜站在附近。可是，一到夜裡，她就會折紙。

明穗和文彥都不在世上，以為總算能安心入睡，母親卻每晚在塔子的枕畔折紙鶴。原本猜想母親是在為脖子受傷的塔子折千羽鶴，但繃帶拿掉後，她仍不停地折。

沙沙、唰唰、沙沙、唰唰。

磨刀般刺激神經的煩人聲響近在耳邊，一直持續到早晨。

不管塔子如何懇求，母親就是不肯罷手。即使不怕母親的鬼魂，早上醒來一看，床鋪遭無數紙鶴淹沒的景象，總讓她不寒而慄。就算睡著，也覺得會在夢中被帶去另一個世界，於是她更恐懼入睡。

所以，塔子決定跟著丸岡去美國。

如果母親憑附在這個家，只要離開，塔子就能解脫。

萬一不是——

現在她無法思考，先睡一覺再來想吧。

總之，她想睡覺。

靜靜地、緩緩地，連夢也不做……

斯德哥爾摩之羊

【卡蜜拉】

王子……王子眞的去世了？

他再也不會醒來嗎？再也不會溫柔地對我們說話嗎？

啊，怎麼會……眞不敢相信。照顧王子是我唯一的樂趣，亦是人生唯一的意義。失去主人，我也不能獨活。

上天爲何對王子如此殘忍？每天從早到晚我都在祈禱，希望王子能重回城裡。不料，王子居然不是回到城裡，而是回歸天上。

您也知道，王子的身世是多麼坎坷。高貴的他原本應該成爲我國國王，卻被囚禁在塔中長達二十年。王子無法離開這座黑暗的塔，過著毫無自由的生活，不曉得有多痛苦……我一直盡心盡力，設法讓王子的生活過得更舒適一些，沒想到居然發生這種狀況……

是的，在塔裡工作的四名侍女中，資歷最久的就是我，卡蜜拉。

二十年前，王子被囚禁在此不久，我便進來工作。當時我七歲，王子親自嚴格教育年幼無知的我，讓我學會許多事。如今我帶領廚子約翰娜、負責打掃的伊姮、洗衣的安瑪麗，指揮她們工作。

約翰娜是個大嘴巴，比起雙手，嘴巴勤勞太多，這是美中不足之處，但她有一手好廚藝。相對地，伊妲沉默內向，讓人摸不透她的想法，卻神經質得可怕，連一點灰塵都不放過，很適合清掃。安瑪麗今年應該是二十五歲，她到塔裡時才七歲，後來彷彿停止成長，心智十分幼稚。經過我徹底訓練，安瑪麗能夠完成洗衣的工作，不過遇上稍微困難的事，便會手忙腳亂。即使安瑪麗如此笨拙，出於善心，王子仍繼續留下她。

小時候我聽過王子的身世。

據說，王子遭到繼母與王弟陷害，蒙上侵犯繼妹的不白之冤，被囚禁在塔裡。

先王駕崩後，王弟竟撇下兄長繼承王位。一想到主人有多憤慨，我就不禁落淚。若是我能離開這座塔，或許還能進城陳情。沒錯，不僅是被囚禁在塔裡的主人，連侍奉王子的我們也嚴禁離開。唯一能夠外出的只有老爺子，他是這座塔與外界聯繫的管道，會爲我們帶來糧食之類生活所需的物資。

不過，就算可以出去，我們也不會離開這座塔。因爲離開這座塔，意味著「死亡」。外頭不是盛行獵巫嗎？身爲王子侍女的我們，一定會在國王的授意下，遭人誣指爲女巫，處以酷刑。

儘管身爲善良王子的同胞手足，但我聽說國王極爲蠻橫殘忍。實際見面後，眞的是名不虛傳的暴君。是的，國王突然駕臨，連隨從都沒帶，一個人私下來訪。做夢也沒想到國王會踏進這座塔，我們驚愕不已。

啊，您果然發現啦？是的，旅行箱裡的遺體就是國王。

國王一來，冷不防開口怒罵，推著王子的肩膀，實在恐怖。他氣勢洶洶，露出想一刀砍死王子的凶相……

您問是不是國王殺死王子？

不，不是的。

早在王子離世前，國王就死去。

您問是誰、為什麼殺害國王和王子？

要說明這件事，必須稍微往前回溯。

回溯到那女人——瑪莉亞，來到這座塔的時候。

如同我提到的，王子和我們四名侍女，度過將近二十年與世隔絕的生活。

那名叫瑪莉亞的年輕女人，破壞一向平靜的日子。

在我進來的隔年，約翰娜入塔，半年後是伊妲，再一年後是安瑪麗。往後的十八年，沒有別的女人出現……

十五歲的瑪莉亞，是個令人驚豔的美少女。

我們四個體型瘦小，氣質相近。原以爲這是王子的喜好，但瑪莉亞外型與我們迥異。她的容貌清純可愛，卻有著誘惑男士的淫蕩身材。她套著宛如妓女穿的低胸禮服，不要臉地故意向王子展現白皙的胸口。

雖然有種不好的預感，但教育新進塔的女人，是我的職責。爲了早日將瑪莉亞訓練到足以派上用場，我詢問她擅長哪些家務。然而，瑪莉亞雙眼充滿警戒，直盯著我，默默觀察我的反應。我等得不耐煩，重複一遍，瑪莉亞竟訝異地蹙起眉，反問：

「加物？加什麼物？」

這女孩連家務都不知道嗎？我目瞪口呆，問她到底會什麼，不管是煮飯、打掃、洗衣，或縫補編織都行。瑪莉亞聳聳肩，搖搖頭，說什麼事都沒做過。

如果她年紀更小，倒也難怪，但長到十五歲，居然什麼事都不會就要當侍女，究竟是何來歷？

瑪莉亞似乎無法接受在塔裡工作。不，她似乎連這是怎樣的地方都搞不清楚。

這是囚禁王子的塔，我們負責照料王子的身邊瑣事。從今天起，妳得到服侍王子的光榮職務，要爲王子犧牲奉獻，回應王子的期待。我盡量淺白地解釋，瑪莉亞依舊無法理解，愣愣張大嘴巴。

王子前來關切，瑪莉亞看著我，突然嘰哩瓜啦說起話。瑪莉亞連珠炮般吐出的單字，大部分都像異國語言，我聽不明白。我責備瑪莉亞，要她放慢速度，她突然發脾氣似地大吼大叫，不顧身分之別，用我也聽得懂的詞彙，咒罵起王子。

我反射性地舉手要打瑪莉亞，但在摑上瑪莉亞的臉前，便遭到制止。

王子抓住我的手，要我放過瑪莉亞。

王子告訴我，瑪莉亞是國王的第七任妃子，原本是異國公主。聽到這些話，我總算明白瑪莉亞怎會如此難以溝通。

異國公主爲何會被送到塔來？是她的祖國滅亡，還是城裡發生什麼大事？或者，是國王厭倦她，將她拋棄？

對於一直生活在城裡的瑪莉亞，這座塔實在太狹小。她不認爲是人住的地方，嚷嚷著放她出去，讓她回家。確實，除了王子的臥室和客廳、飯廳、廚房以外，塔裡只有我們女人的房間，四張床塞得滿滿的。每一個空間都極爲寒酸，比不上城裡。

瑪莉亞想出去，但塔的外側上了門閂。

一得知再也無法離開這座塔，瑪莉亞頓時爆發，哭叫抓狂。

約翰娜、伊妲、安瑪麗聽到吵鬧聲跑來，瑪莉亞看見她們大吃一驚，頓時停下動作。

王子趁機抓住瑪莉亞，她居然反抗，朝王子的臉吐口水。

即使她曾貴爲異國公主，受人尊敬，那也是過去的榮光，既然來到塔裡，跟我們就是相同的身分。

面對僵在原地的眾人，瑪莉亞以異國語言叫嚷，掙扎著想逃離王子，不停揮舞雙手。爲了保護王子，我們四人合力壓制瑪莉亞，銬住她的手，堵起她的嘴巴，免得她受傷。

居然對王子做出那樣大逆不道的行爲，不管受到怎樣的懲罰都是應當的。我們忐忑不安地望向王子，不知爲何，王子竟沒懲罰瑪莉亞。不僅如此，他似乎對不順從的瑪莉亞十分好奇，抱起不斷掙扎的她走進臥室。

我、約翰娜、伊姐和安瑪麗，茫然目送王子，垂頭喪氣回到侍女的房間，躺在狹小的床鋪談論瑪莉亞。就算她再怎麼美麗、就算她是異國公主，王子也不可能原諒那種粗暴無禮的女人。即使一時興起，感到稀罕，今晚讓她上了床，明天一定會將她趕出這座塔。

我們暗暗祈禱，如此安慰自己。

然而，我們的祈禱徒勞無功。隔天、再隔天，王子依然將瑪莉亞留在臥室，不肯讓她離開。

沒錯，我們四人也會陪睡。只要主人指名，其中一人就會前往王子的臥室。

以前，每天晚上王子必定會喚一人到他的床上。這麼說實在害臊，但最常受召的就是我，卡蜜拉。這是我的榮幸。王子信賴我、珍惜我，特別肯定我在教育上的功勞，表示能在塔裡過舒適的生活，全多虧有我，真令我惶恐。主人如此倚重我，只要是主人的願望，任何事我都願意。我打心底仰慕王子。沒錯，比任何人都仰慕。

然而，即使是這樣的我，最近受到寵幸的間隔也愈來愈長。不，在瑪莉亞進塔前，大部分是每週一次……不，每兩、三週一次。

自從瑪莉亞出現，王子片刻都不讓瑪莉亞離開身邊，再也沒喚我們去他的臥室。一次都沒有……

我們四個女人，只能躺在四張並排的硬床板上，眨也不眨地注視漆黑的天花板，豎耳靜聽黑暗的夜晚。

【安瑪麗】

瑪莉亞是個怪人。

大家都說安很奇怪，但瑪莉亞更奇怪。

來到塔裡時，瑪莉亞掙扎得非常厲害。安嚇一大跳，跟卡蜜拉、約翰娜，還有伊妲，一起按住她的手腳，才讓她安靜下來。她居然朝王子的臉一呸。這是絕對不允許的事，對吧？

可是，瑪莉亞卻沒受到懲罰，這不是太奸詐了嗎？

大概從隔天的再隔天起，瑪莉亞莫名其妙對安講好多話，大概想跟安拉近關係，但安很怕瑪莉亞，而且瑪莉亞的用語有點怪怪的，聽不太懂。

瑪莉亞現在完全不跟安講話，是覺得安太笨、太沒用嗎？這倒是沒關係，但瑪莉亞變得非常臭屁，神氣兮兮，眞討厭。約翰娜也在生氣，看不慣瑪莉亞自以爲是女王。

怎麼麼說瑪莉亞自以爲是女王？通常王子會與我們一起吃飯，在四四方方的餐桌……呃，那叫什麼？就是兩邊比較長的……咦，是長方形嗎？那麼，就是在長方形較長一邊坐著王子一個人，另一邊照順序坐著卡蜜拉、約翰娜、伊妲和安。座位是固定的，每次都得坐在相同的位置。這是進來工作的順序，也是誰比較大的順序。所以，座位離門口最遠的……噢，卡蜜拉，是我們四個裡最大的。伊妲不太服氣，自認才是最大的，安倒是無所謂。反正安是後來的，又笨手笨腳，不像大家那樣會做事。

按照規定，應該要依進來的順序坐，所以瑪莉亞應該坐在安的旁邊，也就是最後一個位置，不是嗎？一開始，卡蜜拉在那裡放椅子要給瑪莉亞坐，王子卻說「不對，瑪莉亞的座位在這邊」，命令卡蜜拉將椅子搬到他旁邊，大家都嚇一跳。從沒發生過這樣的事，但王子的話是絕對的，沒人敢抗議。於是，瑪莉亞狡猾地占走王子旁邊的座位。兩人像國王和王后般坐在一起，瑪莉亞才會愈來愈自以爲是女王。

凡事遭瑪莉亞搶先很討厭，更討厭的是，瑪莉亞完全不工作。

她什麼都不做，卻每天坐在王子旁邊，只曉得吃。這未免太奸詐了吧？她懶惰得要命，卻成天找事要忙碌的我們去做。比方，叫我們開窗、拿掉蓋住窗戶的黑布等等。瑪莉亞似乎想看外面的景色，但塔的窗戶不可能打開。

如果可以不洗衣服，安也想休息啊。前一陣子起，安常常反胃，但即使難受到想吐，還是非洗衣服不可。這種時候，要是能換瑪莉亞就好了。

安一直覺得在發燒，不太舒服，某天衣服洗到一半又嘔吐。卡蜜拉目睹這一幕，安以爲卡蜜拉會生氣，沒想到她不僅沒生氣，還問每個月都有來嗎？一開始，安不懂她在說什麼，之後想到她是指那個，便回答「對耶，一直都沒來」，於是卡蜜拉摸著安的肚子笑道：

「安瑪麗，妳肚裡有王子的小寶寶。」

卡蜜拉立刻通知約翰娜和伊妲，大家都爲安開心。

「既然懷上王子的小孩，安瑪麗的地位會比瑪莉亞更高。」約翰娜摸摸安的頭。平常總像幽靈一樣，一臉陰沉的伊妲也笑說，「安、安、安的小寶寶，會把瑪、瑪莉亞從女王的位置拉下來。」

安不懂生小寶寶是怎麼回事，請教大家後，卡蜜拉解釋，「就是當媽媽啊。」安沒有媽媽，所以更不懂，只好再問大家。約翰娜抱起安懷裡的小瑪麗開口：

「妳一直是這孩子的媽媽吧？這次，妳會變成眞的小寶寶的媽媽。」

如果是像小瑪麗一樣的小寶寶，安想抱著她，好好摸她的頭。

對，這孩子叫小瑪麗，很可愛吧？聽說，這娃娃是安來塔裡之前就帶著的。不過，安根本不記得。

「只要向主人報告，他一定會把瑪莉亞趕出臥室。」卡蜜拉握緊安的手，大家都笑咪咪，安跟著開心地笑。

於是，安隨卡蜜拉她們一起去找王子。原本以爲告訴王子有小寶寶，王子會和大家一樣開心，沒想到王子不當一回事，只應一句「這樣啊」，不像卡蜜拉說的，把瑪莉亞趕下床。

安很失望，覺得什麼都沒變，但隔天早上，有一件事變得不一樣。吃早飯時，王子說「安瑪麗，從今天起，妳坐在最裡面。」安嚇一跳，回答那是卡蜜拉的座位，王子便宣布從今天起那是安的座位，要大家依序往外移。

王子的命令是絕對的，本來坐在最外側的安跳過伊妲、約翰娜和卡蜜拉，坐到最裡面。

安快嚇壞了。不管是卡蜜拉、約翰娜或伊妲都沒笑，用好可怕的眼神瞪著安。

這天晚上，王子叫安過去。啊，今天王子不是找瑪莉亞，終於找了安。但安想錯了，王子沒帶安到床上，而是浴室。

王子命令安脫掉襪子，猛力往背上一推，要安站在濕淋淋的地板上。

「安瑪麗，妳撒謊吧？」

安嚇一跳，看著王子。安從沒對王子撒過謊，於是用力搖頭。王子打安一巴掌，忽然湊近問：

「妳肚裡的是老爺子的種？」

安聽不懂王子的話，雖然很害怕，還是回答：

「什麼叫老爺子的種？」

「妳背叛我，瞞著我的耳目，跟老爺子相好。」

安似懂非懂，但大概知道王子的意思。王子認爲，安跟老爺子做了應該只跟王子做的事。

「安絕對沒有！」

「我有四個女人，從來沒人懷孕，然而，現在卻只有妳懷孕，未免太奇怪。況且，有人看到了。」

「看到什麼？」

「看到妳跟老爺子亂來。」

「騙、騙人，是誰向王子撒那樣的謊？」

王子不肯告訴安，生氣地用力抓住安的臉，將安脫下的襪子塞進嘴裡。

「是眞是假，問妳的身體就知道。」

「咻」一聲，安的腳像著火般變燙。

安驚訝地望向王子，王子不曉得從哪裡拿出鞭條。

挨打的地方好燙、好痛，安忍不住想吐。可是，嘴裡塞著襪子，吐不出來，安想伸手拿掉，卻換成手挨打。挨打的是手，但不只是手，連腦門都熱辣辣的，喉嚨好苦，安覺得自己不行了，快要死掉。差點死掉的前一刻，王子掏出襪子。雖然在王子面前，安還是「哇」一聲吐出來，流一堆眼淚鼻涕，整張臉一場糊塗。安大吐特吐，同時心想：

是誰害安挨打？

是誰對王子撒謊？

安覺得是被搶走座位的卡蜜拉，但輕浮的約翰娜感覺很會撒謊，落到最後一個座位的伊妲也十分可疑。

這三個人都有可能。

不久前，安才聽到大家在房裡交談。

其實，王子喜歡一個人睡。即使王子叫我們過去，要睡覺時，還是會趕我們離開，讓我們回自己的床睡覺。可是，最近王子不是連續好幾天都跟瑪莉亞一起睡嗎？約翰娜說，王子差不多想把瑪莉亞趕出來，一個人舒服地睡覺了。但我們的房間塞滿四張床，容不下更多的床。如果瑪莉亞要睡我們的房間，勢必有人得讓出床。卡蜜拉她們擔心，會不會像搶椅子遊戲，沒搶到會被趕出這座塔。

知道被趕出塔會怎樣嗎？

聽說，跟王子住在一起的我們，沒辦法在外面的世界生活。

大家認爲我們是女巫，會抓我們去審判，然後焚燒。

所以，大家拚命想留在塔裡。

不久前，搶不到椅子，會被趕出塔的應該是安。

從大小順序來看，安是最小的一個，也不像大家那樣能幹。

可是，現在沒辦法趕走安了，不是嗎？安的肚裡有王子的小寶寶。所以，一定是有人認爲，只要說小寶寶不是王子的小孩，再次把安擠到最後一個就行。

安吐到沒東西可吐，喘個不停，王子開口：

「只要妳講實話，我就不打妳。」

「安受不了，請不要再打安。王子，求求您……」

「妳承認肚裡的小孩是老爺子的？」

安差點回答「是」，只要能不挨打，撒謊也沒關係。可是，小瑪麗看著正要點頭承認的安。手挨打時，安放開抱在懷裡的小瑪麗，讓她滾到角落。小瑪麗一臉傷心，於是安又抱起她。這時安心想，如果說「是」，不就會被抓去燒死嗎？那麼，不只是安，連肚裡的小寶寶也會死掉。

所以，安搖搖頭說「不是」，小寶寶是安和王子的小孩。

王子又舉手要揮鞭，安把小瑪麗緊緊抱在懷裡，保護她不會挨打。安怕得要命，牢牢閉上眼，不知為何，突然輕輕喊一聲「媽媽」。

接著，安似乎聽到回應，有人在呼喚「瑪麗」。浴室裡只有安和王子，但那就像慈愛的天使在講話。安嚇一跳，更用力抱緊小瑪麗，這個地方……本來跳得好厲害的胸口，一下變得很溫暖，安覺得還能努力撐下去。

挨鞭子還是痛得想哭。天使的聲音消失，安一邊哭，一邊不停低喃：

媽媽、瑪麗、媽媽、瑪麗、媽媽、瑪麗……彷彿在念魔法咒語。

安不知不覺發出聲音，王子停下揮鞭的手問：

「安瑪麗，妳真的……真的沒撒謊？」

安看著王子的眼睛，一次又一次，回答好多好多遍「嗯」。

王子似乎還是不確定安到底有沒撒謊，不過他恐怖的表情，變成平常總是稱讚安可愛的表情。

然後，王子抱住安。

安嚇一大跳。全身都是吐出來的東西和鼻水，安髒得要命。然而，王子卻像抱公主那樣，把安抱回我們的房間。眼淚和鼻水又將安的臉搞得一塌糊塗，誰教王子如天使般溫柔。知道嗎？開心時也會流淚。

王子沒有錯，是那個對王子撒謊的人不好。

於是安想著，撒這種謊的一定不是人，而是女巫。

這座塔裡有女巫……

【約翰娜】

安瑪麗全身布滿一條條的紅腫，簡直慘不忍睹。我不禁聯想到拿來煮的生肉，差點沒吐出來。

安瑪麗發高燒臥床不起。聽說，她被打成那樣，依然沒承認不忠，也沒流產。看不出那孩子如此頑強，我忍不住懷疑她根本明白一切，卻裝成無知小女孩，周旋在眾人之間。

是不是有誰向主人打小報告，陷害安瑪麗？

我不曉得，可能是卡蜜拉，也可能是伊妲。

我？啊哈哈哈，哎喲，實在太好笑。我何必做這種事？

會幹出這種事的，是害怕被趕出這座塔的人吧？我不一樣。就算有人會被趕出這座塔，也絕不會是我。

是啦，論美貌或年輕，我比不過瑪莉亞，不過我擁有其他人缺乏的東西。沒錯，就是不遜於城裡大廚的廚藝。這是王子親口說的。只要有這手好廚藝，王子不可能讓我離開。呵呵。

雖然我廚藝超群，仍每天用心讓王子滿意，其他女人根本不可能取代我。是啦，如果能盡情運用食材便另當別論，但就算拜託老爺子，他也只會送來一丁點肉。聽說，撥給王子生活的經費少得可憐。要靠那一點糧食滿足王子，還要供四個女人和老爺子一天吃三頓，其中的辛苦外人是無法理解的。

當然，食材大半都進到王子的胃。理所當然，王子的餐點與其他人不同，非常豪華，我們的飯菜完全比不上。畢竟讓王子開心、稱讚好吃，是我的人生意義。

在飯廳時，瑪莉亞擺出一副女王嘴臉坐在王子旁邊，但餐點和我們一樣簡單。有一天，瑪莉亞突然說這種給狗吃的東西她吞不下去，想要吃肉。我嚇一跳，以為主人會訓斥她，沒想到王子罵的居然不是瑪莉亞，而是我。

「怎麼讓瑪莉亞吃得這麼寒酸？立刻煮肉給她。」王子吩咐。

從此以後，我得提供瑪莉亞和王子一樣的菜色。如同剛才說的，我本來就是在有限的食材中設法變花樣。王子吃肉時，我們往往忍耐著吃豆子，現在卻要提供兩人份的肉，那麼，我們的湯裡就只剩下菜渣了啊。然而，瑪莉亞不管這些，不斷提出要求。我們餓著肚子拚命工作，遊手好閒仍有大餐可吃的女人，憑什麼高高在上地下令？生氣也是天經地義的事吧？

況且，不只是吃飯的事，瑪莉亞還誆騙王子，買來珠寶、衣服和書本，眞是不可原諒。由於她的這些行徑，害我們的食物變得更少。

我氣得要命，衝回我們的房間，向房裡的卡蜜拉、安瑪麗和伊妲傾吐對瑪莉亞的不滿。要是不這麼做，我一定會痛扁瑪莉亞一頓。把瑪莉亞罵得一文不値後，我內心舒坦了些，隔天又能微笑著服侍瑪莉亞。

所以，那天晚上收拾完晚飯，主人叫我時，我還想啊，我的努力總算有回報，今天主人才會喚我去臥室，不是找瑪莉亞……

不料，主人沒帶我去臥室，而是浴室。

王子冷不防揮起鞭子，抽打我的小腿，生氣地罵，「爲什麼妳沒穿襪子？」由於實在太痛，我尖叫跪下。王子脫掉自己的襪子，塞進我的嘴。

我感到莫名其妙，陷入混亂。主人問：

「約翰娜，聽說妳在背地裡講瑪莉亞的壞話？」

昨天我在房間向三個女人批評瑪莉亞的話，王子全知道了。還有人打小報告，說我以試味道爲藉口，偷吃應該要給王子的肉和糕點。

一定是卡蜜拉、伊妲或安瑪麗告訴王子的，明明她們也對任性的瑪莉亞氣得要命。

到底是誰，明知會有這種後果，還向王子告密？

只要是爲了籠絡王子，卡蜜拉什麼事都幹得出來。總是自言自語、令人發毛的伊妲，似乎也會暗中搞花樣。我覺得只有嘗過鞭打滋味的安瑪麗，不會做這種事，但或許她不甘心只有自己那麼慘。

王子的鞭子打在側腹，衣服破裂，滲出血。感受到灼燒般的痛楚，我痛苦扭動，額頭碰地賠罪，但鞭子仍毫不留情揮落。下半身遭王子執拗地痛打，傳來一下又一下難以承受的劇痛，我意識逐漸模糊。

唯一的救贖，是王子沒用鞭子打我的手。避開我做菜的手，證明王子並不打算把我趕出這座塔。我咬緊牙關，承受眼睛幾乎要噴出火的劇痛，等待暴風雨從身上經過。

在冰冷的地上醒來時，王子不見蹤影。

我似乎昏了過去。鞭打停止，腳和腰卻熱辣辣的，彷彿肉被挖掉的疼痛持續不斷。往下望去，雙腳烙上無數紅色傷痕，猶如前天晚上端給王子和瑪莉亞的網烤牛排。

我想站起，卻痛得使不上力，只得爬回侍女房。

她們看到我，全倒抽一口氣。我瞪著她們，逼問是誰向王子打小報告。卡蜜拉、伊妲和安瑪麗都否認，個個裝蒜。明明就是她們之中的誰……三人把我抬上床抹藥，但不敢跟我對望。

我執拗不休地追問，卡蜜拉尖著嗓子應道：

「是不是妳向王子打小報告，說安瑪麗的小寶寶不是王子的？」

我實在驚訝。爲什麼碰到這麼慘的事，我還得遭受懷疑和責備？

明明曉得王子一旦知情，我會跟安瑪麗一樣挨打，卻仍出賣我的，不就在妳們之中嗎？正常人根本做不出如此殘忍的事。

那麼，會不會是女巫幹的？沒錯，這裡有女巫。

我下定決心，要趁她們睡著時，悄悄找出女巫的印記。

知道吧？跟惡魔訂契約，接受惡魔親吻的女巫，身體會浮現惡魔的印記。據說，那是呈小動物或昆蟲形狀的胎記。向王子告密的女人，身上一定有女巫的印記。要是讓我找到，我會狠狠拿針刺下去。那印記的部分沒有痛覺，針刺也沒醒來的人，絕對是女巫。

在此之前，我不能相信任何人。從這天起，我們疑神疑鬼，害怕有人告密，互相不再交談。

隔天，我痛到無法起身，由卡蜜拉和伊妲負責煮飯。

我非常不安。萬一她們其中之一是女巫，或許能用巫術做出王子喜歡的料理。那麼，我就會被趕出塔外，明明不是女巫，卻遭人活活燒死。

這麼一想，我實在沒辦法繼續躺下去。拖著沉重的身體到廚房，耗費半天準備王子的飯菜，只因我不想被趕出這座塔……

我戰戰兢兢端出親手做的料理，王子不帶感情地看著整桌飯菜，動手品嘗。王子吃一口，放下湯匙，轉向彷彿等待宣判死刑的囚犯般提心吊膽的我，出聲：

「妳比任何人都了解我。約翰娜，果然還是非妳做飯不可。」

然後，王子溫柔撫摸我的臉頰低語：

「我太愛妳，才會動手打妳。不要再讓我失望。」

我像遭到雷擊，全身麻痺，心房震動。王子不是恨我，是爲了將我教育成他喜愛的女人，是愛的鞭子啊！

我飄飄欲仙，哭著執起王子的手，獻上宣誓忠誠的吻。

從此以後，爲了讓王子更滿意，包括甜點在內，我益發耗費心力準備料理。每天用完午飯，王子會午睡，趁他快醒來前送上茶和糕點，也是我的任務。即使受甜蜜的香味誘惑，我會拚命忍耐，不再偷吃。

某天，我將比平常加倍用心烘烤的蛋糕端進臥室，王子還在休息，旁邊的瑪莉亞突然開口。我以爲她又要指定晚餐菜色，沒想到她希望我幫忙找一個約手掌大小的盒子，說是遭王子沒收。王子睡覺時，瑪莉亞的左手銬在床架上，無法自由行動。

如果答應她，我又會挨鞭子。這不是鬧著玩的，我向瑪莉亞行一禮，逃離房間。

從此以後，每次我送茶過去，瑪莉亞就會向我攀談。她告訴我，不會再請我幫忙找東西，只是想聊聊。即使我不理她，她仍單方面講個不停。

原本是異國公主的瑪莉亞，說話確實古怪，但她也不是完全不會這個國家的語言，所以我聽得懂。瑪莉亞稱讚我做的飯菜。連應該在城裡吃遍豪華料理的瑪莉亞都肯定我的廚藝，我忍不住開心地追問，「眞的嗎？」我本來認爲不能回應她，可是我天生是大嘴巴，不能跟任何人交談，心底一定會累積許多不滿。

聊過以後，我發現瑪莉亞不是那麼壞的女人。在王子醒來前的短暫時間，每天我們會聊一些，漸漸了解彼此。

瑪莉亞想回去原本的世界，並告訴我她喜歡的糕點和料理。塔外有許多我不知道的奢華料理和夢幻點心，我聽得口水快流出來，不禁喃喃「眞想吃吃看」，於是瑪莉亞邀約「我們一起離開吧」。我嚇一跳，警告什麼都不知情的瑪莉亞，要是離開這裡，會被當成女巫抓起來，遭受火刑。

瑪莉亞剛要開口，傳來敲門聲，我嚇得跳起來。我伸手制止要應聲的瑪莉亞，搖醒王子。接著，我用嘴型告訴瑪莉亞：

是女巫。

王子立刻起身去查看。塔的守衛即使過來，也不會敲門。如果有客人拜訪王子，應該是由守衛帶領，不會敲門。換句話說，敲門的不是人，而是女巫。有人敲門時，如果出聲或製造聲響，女巫就會闖入。必須盡量遠離門邊，保持安靜。然而，瑪莉亞卻想大叫，我急忙撲向她，捂住她的嘴巴。在聲音停止、王子回來前，我一直拚命壓制掙扎的瑪莉亞。

我是爲大家著想，瑪莉亞卻完全不懂，生我的氣，不跟我說話。我想和好，幫瑪莉亞尋找她被沒收的東西，但一直找不到。負責打掃的伊妲，或許知道王子藏那類東西的地方，可是，如果問她，不是又會被打小報告或挨鞭子嗎？

沒辦法，我只好一個人繼續找，在意外的地方發現類似的物品。王子泡澡時，脫下的衣物裡有個繫著人偶的扁平小盒子。王子剛進去泡澡，拿走片刻應該不要緊，於是我帶盒子去找瑪莉亞。瑪莉亞雙眼發亮，一把搶過，打開蓋子擺弄起來。我要她馬上歸還，瑪莉亞卻用異國語言唧唧咕咕，不斷自言自語，不肯還給我，害我內心七上八下。我說「夠了」，搶回盒子。瑪莉亞瞪大眼，抓住我的手。仔細一瞧，盒子上掛滿小人偶，裡面繫有一支鑰匙。瑪莉亞用那把鑰匙，插進手銬鎖孔旋轉。喀嚓一聲，手銬輕易解開。

下一瞬間，瑪莉亞抓住我的手跑向出口。我嚇一跳，又想到塔外有許多好吃的東西在向我招手，忍不住跟著瑪莉亞一起跑。

出口應該從外側上了門閂，不知為何，瑪莉亞竟能打開門。塔內所有窗戶都封住，許久不見的陽光晒得我頭暈目眩，動彈不得。瑪莉亞拉著我的手，剛要赤腳踏出去，有人從後面抓住我的肩膀，我倒抽一口氣。

回頭一看，王子——不，卡蜜拉、伊妲，還有安瑪麗站在那裡。

【伊妲】

我、我們抓住想逃走的瑪、瑪、瑪莉亞，扣上手銬，繫回王子的床、床上。

當、當然，我們先替她骯、骯髒的腳底，仔、仔、仔細地擦乾淨。

回到侍女房，約、約翰娜哭著懇求要去向王子報告的卡蜜拉。

「卡蜜拉，求求妳不要告訴王子，我不想再挨鞭子。」

「妳背叛主人，別說挨鞭子，妳犯下的重罪應該處以火刑。」

我、我試著阻止盛怒的卡、卡蜜拉，可、可是我結巴得比平常更厲害。

「卡、卡、卡蜜拉，約、約、約翰……約翰娜只是遭、遭、遭到操縱……」

「操縱？伊妲，約翰娜是遭誰操縱？」

「當……當、當、當然是……女、女、女、女、女、女、女、女、女、女……女巫。」

眾人同時望向我，不管是誰都害怕女巫。

「伊妲，我們之中有女巫嗎？快告訴安，誰是女巫？」

「啊、啊、安，女、女巫、女、女、女、女、女、女、女巫是瑪、瑪、瑪、瑪、瑪、瑪……」

「伊妲，夠了沒？真煩人。反正妳一定又要說聽到神的聲音，對吧？」

卡、卡蜜拉不相信我。我、我聽得到神的聲音，卻、卻因講話結巴，沒辦法傳達神諭。卡、卡蜜拉說，神才不會把祂的意思告訴我這種人。可、可是，我非常煩惱，向神祈禱，希望能正常講話時，神、神告訴我：

「當時候到來，妳的願望就會實現。屆時，妳將成為神的預言者。」

我、我轉達神的這番話，卡蜜拉嗤之以鼻，輕、輕蔑地看著我。

「是什麼時候？如果妳眞的能和神對話，幹麼不要祂立刻治好那不像話的口吃？妳快正常講話，證明擁有神的護佑啊。」

卡、卡蜜拉那傲慢又沒神經的言語，像利箭般刺進我的胸口，有什麼一擁而入。是、是蟲。無數的蟲子震動翅膀，在體內蠕動。我跪下想向神祈禱，那些蟲子卻聚成一團，堵住我的喉嚨，讓我發不出聲。實在太難受，我彎身乾嘔。嘔吐的瞬間，蟲子「嘩」地融化消失，我按住喉嚨哭著祈禱。

「神啊，請拯救我們。指引我們方法，從邪惡的女巫手中，守護我們與敬愛的王子在這座塔中的生活。求神賜給伊妲力量吧。」

安呆呆張嘴看著我。不只是安，連約翰娜和卡蜜拉都愣住。

「騙人，伊妲沒結巴。好厲害，是神的力量嗎？」

聽到安的稱讚，我不禁屏住呼吸。確實，剛才我一次都沒口吃，說完全部的話。

「神聽到我的願望。神啊，感謝祢。喏，卡蜜拉，這下妳該相信了吧？神選擇我擔任預言者，引發奇蹟。」

卡蜜拉啞口無言，傻傻盯著我流暢開闔的嘴巴。

「欸，伊妲，快把接下來的話告訴安。神說誰是女巫？」

聽到安的央求，我湊近大家，陶醉在自己優美流暢的話聲中，告訴她們混進塔裡的女巫就是瑪莉亞。

「瑪莉亞居然是女巫，安一直以爲在我們四人中。」

「不，女巫是瑪莉亞。她對我施了巫術，想帶我出去。」

約翰娜和安吵鬧著，卡蜜拉狠狠瞪她們一眼，要她們閉嘴，接著轉向我：

「伊妲，神眞的說瑪莉亞是女巫嗎？」

「咦？」

「瑪莉亞本來是國王的第七任妃子，實在不可能是女巫。妳聽到的會不會不是神的聲音，而是魔鬼的聲音？妳是不是遭魔鬼誘惑，受魔鬼操縱？」

「卡蜜拉，妳在講什麼？我怎麼可能分不清神和魔鬼的聲音？」

「爲什麼？妳怎能斷定沒弄錯？」

「沒聽過神的聲音的人或許不了解，但神的聲音是男性的聲音，和王子的聲音非常像。魔鬼不一樣，自稱艾莉卡，總是用軟弱的女人聲音跟我說話。」

卡蜜拉臉色大變，驚恐顫抖著望向約翰娜和安瑪麗：

「約翰娜、安瑪麗，聽見伊妲剛才可怕的發言了嗎？」

「等一下，卡蜜拉，我又沒講什麼可怕的話。」

「伊妲，妳承認聽過魔鬼的聲音。女巫不是瑪莉亞，而是和魔鬼溝通的妳。妳能夠正常說話，一定是魔鬼的傑作。」

我才沒和魔鬼溝通。魔鬼是單方面對我說話，但卡蜜拉她們怕得和我拉開距離，根本不肯聽我解釋。

咦，問我第一次聽到魔鬼的聲音是什麼時候？應該是剛來到塔裡不久。

艾莉卡不停描述王子多麼殘忍，慫恿我逃離這座塔。明明接受她的誘惑，跑去外面，就會被活活燒死。我害怕那聲音，不停哭泣，王子便給我一本談論神的書。我反覆翻閱，書都翻爛了。然後，我問王子如何聽到神的聲音？

好心的王子告訴我方法，只要幾天不吃不睡，便能聽到神的聲音。

我當然嘗試過，堅持好幾天，非常痛苦。即使醒著，也像在做夢。當意識開始模糊不清時，神的聲音忽然降臨我朦朧的腦袋。

「伊妲，不可以聆聽魔鬼的聲音，不可以受魔鬼的謊言誘惑，妳要相信王子。」

聽到神充滿慈愛的聲音，我淚如泉湧。然後，我終於醒悟，艾莉卡才是惡魔。

我感動無比，哭著向王子報告，王子開口：

伊妲，妳能聽到神的聲音，眞是我的天使。

我開心到當場死掉也甘願。後來，我每天都向神祈求，讓我永遠當王子的天使，不再理會魔鬼的聲音。卡蜜拉她們斷定我會和魔鬼交流，剝光我的衣服，想找到女巫的印記。我告訴她們，我沒跟魔鬼訂契約。聽到魔鬼的聲音，是因爲我的母親是女巫。

三個人嚇得停下動作。沒錯，不只我一個人的母親是女巫，卡蜜拉、約翰娜和安瑪麗的母親，也都是女巫，所以她們才會在這裡。

我們四個人會在五到七歲、連工作都不會的年紀就被帶來，全是王子慈悲爲懷，疼惜會被當成女巫的女兒處刑的孩童，設法暗中斡旋，把我們藏在塔裡。

我的母親？我記不太清楚。我們四個人來到塔裡前的記憶都很模糊，大概是和女巫可怕的共同生活，及目睹母親活活燒死的恐怖體驗，導致我們封印不願回想的過去。王子說，妳們並沒有錯，妳們也是女巫的犧牲者，忘掉不好的過往，活在當下吧。王子日日夜夜這麼安撫我們，保護我們，引導我們。

爲了讓卡蜜拉她們看到瑪莉亞是女巫的證據，我帶她們到王子的臥室。瑪莉亞身上一定有女巫的印記，像是小動物或昆蟲形狀的胎記。

我堵住掙扎的瑪莉亞嘴巴，想脫掉她的衣服，卻沒人要幫我。我和激烈抵抗的瑪莉亞扭打起來，按住她時，她的衣服前襟大大敞開。

我忍不住呻吟，因爲我看見黑蝶的翅膀。

白皙如雪的左乳房上，敞開的前襟邊緣，清楚浮現蝴蝶的胎記。那宛如在雪地上飛舞的蝴蝶，是魔鬼親吻過的鐵證。我把禮服前襟扯得更開，刻印在白色柔膚上的青黑色蝴蝶，完全展現身姿。

「是蝴蝶，伊妲好厲害。就像神說的，瑪莉亞是女巫。」

安大叫，約翰娜取來針，想確定有沒有痛覺。這次四人合力按住扭動著想逃的瑪莉亞，針剛要刺進瑪莉亞胸前胎記，傳來王子泡完澡呼喚我們的聲音。

我們四人一起衝進浴室，七嘴八舌地告訴王子，瑪莉亞是女巫。

主人不相信我們，但只要看到瑪莉亞胸口的蝴蝶，一定會再次對識破女巫的我說：

伊妲，妳眞是我的天使。

我壓抑著興奮，催促王子進臥室。剛要走近瑪莉亞，有人從後面推開我。我踉蹌跪地，卡蜜拉穿過我旁邊，衝向瑪莉亞，學我扯開她的衣服前襟，大叫「主人，請看」，彷佛立下大功，得意洋洋。

我愣在原地，但我沒空責怪卡蜜拉。看到瑪莉亞袒露的左乳房時，我的憤怒煙消霧散，全身凍結。

蝴蝶胎記不見了。

距離我們去找王子過來，只相隔短短幾分鐘。在這短暫的時間內，青黑色蝴蝶印記竟消失得無影無蹤，簡直像被注入生命，飛去別處。

「哪裡有女巫的印記？」

面對王子的質問，我們心頭一驚。

「妳們想誣賴瑪莉亞是女巫？」

「不、不，絕對沒這種事，剛剛眞的……」

卡蜜拉支支吾吾，王子嚴厲地逼問：

「是誰說的？先誣賴瑪莉亞是女巫的是誰？」

「是、是……是伊妲，主人。」

八隻眼睛同時望向我。王子帶著冰冷怒意的眼睛、約翰娜和安憐憫的眼睛，還有卡蜜拉內疚、但深處也像在嘲笑的眼睛。對於想把責任全推給我一個人，免除懲罰的卡蜜拉，我感到一股前所未有的強烈憤怒，嘴唇簌簌顫抖。

我咬緊牙關，按捺撲向卡蜜拉的衝動，向神祈禱。希望神能讓王子了解，我比任何人都爲王子著想的眞心。

王子把我拖進浴室，要我站在濕淋淋的地上。

看到王子舉手要揮鞭，我不自覺閉上眼，疼痛卻沒襲來。

在鞭子甩下的前一刻，從外頭回來的老爺子，倉皇失措地跑向王子，附耳低語。重聽的老爺子嗓門很大，我聽得一清二楚。

「剛才一個陌生男子叫住我，說他在尋找失蹤女孩，問我知不知情。」

王子臉色驟變，把老爺子叫去臥室詢問詳情，於是我獲得釋放。

「伊妲，眞厲害，神保護了妳。」

看到我毫髮無傷地回到侍女房，安和約翰娜抱住我，連卡蜜拉都讚嘆這是奇蹟。

安問黑色蝴蝶爲什麼不見，我說胎記所在的地方變紅，一定是瑪莉亞撕掉皮膚，大家驚詫不已，仰望神明般看著我。

「伊妲，告訴我，怎樣才能將女巫瑪莉亞趕出這座塔？」

「安瑪麗，這種事還用得著問伊妲嗎？」卡蜜拉搶著開口。

「只要叫老爺子去告密，讓瑪莉亞接受女巫審判就行。伊妲，對吧？」

我沒回答，卡蜜拉觀察我的臉色，立刻改變意見。

「啊，與其那樣，不如把瑪莉亞按進浴缸。聽說，在外面的世界，爲了分辨是不是女巫，都會綁住嫌犯的手腳，丟進池塘或河裡。神聖的水會排斥女巫，所以會浮上來，立刻就能辨別。」

我還是不理睬，於是卡蜜拉討好地繼續道：

「欸，伊妲，我一直相信妳是神的預言者。求求妳，不要那麼壞心眼，告訴我們神諭。我會拜託主人，讓妳坐在第二個座位。」

爲什麼不是第一個，而是第二個？看來，卡蜜拉打算再度搶走我的功勞，體內的怒火湧上心頭，但安搶先開口：

「卡蜜拉，妳想得太美了吧？明知會挨鞭子，還把錯都賴給伊妲。」

「就是啊。」約翰娜附和，「爲了讓王子留下好印象，卡蜜拉會滿不在乎地做出下三濫的事。向王子打小報告，說我講瑪莉亞壞話的，是不是也是卡蜜拉？」

「那麼，安的事也是卡蜜拉去告狀？居然如此殘忍，卡蜜拉想必是女巫。」

卡蜜拉拚命否定，但她狼狽的模樣反倒可疑，於是我出聲：

「約翰娜和安的指控沒錯，就是卡蜜拉拿妳們的事向王子告狀。」

卡蜜拉臉色大變，臉頰抽搐大喊，「妳胡扯！」

「伊妲是騙子，什麼神的聲音根本是騙人的。要是她聽得見神的聲音，神應該會告訴她怎麼趕走瑪莉亞。」

進入房間前，我聽到一道聲音：

「瑪莉亞不是女巫，不可以傷害她，更不可以殺掉她。」

我不理會卡蜜拉，將這段神諭告訴約翰娜和安瑪麗：

只要殺掉瑪莉亞，就能保護這座塔。

咦，爲什麼說出相反的神諭？錯了，我怎麼可能違背神的意旨？

我聽到的不是神的聲音，而是艾莉卡——對，是魔鬼的聲音。所以，我才做出相反的指示。神的旨意，一定與魔鬼的企圖相反。

其實，自從瑪莉亞住進這座塔，我就聽不到神的聲音。那麼，我怎會知道瑪莉亞是女巫？因爲我做了夢。由於渴望聽到神的聲音，我不敢入睡，卻仍做了那個夢。就是王子被砍頭，我們一個接一個被割斷喉嚨，倒在血泊中痛苦掙扎的夢。夢也是神的啓示。我問過神這個夢境的意義，但沒獲得解答。相反地，我聽到的依舊是艾莉卡的聲音，瑪莉亞不是女巫。

我向大家描述夢的內容。這樣下去，包括王子和我們，塔裡所有人都會遭到瑪莉亞屠殺。爲了阻止慘劇發生，只能殺死瑪莉亞……

或許是想像著塔化爲慘劇的舞台，三人都一陣哆嗦。

「我、我才不會上當。妳打算嚇唬我們，毀掉這座塔吧？約翰娜、安瑪麗，抓住伊妲，我要去向主人報告，說伊妲發瘋。」

卡蜜拉發出命令，然而，安和約翰娜抓住的不是我，而是剛要走出房門的卡蜜拉。兩人按住茫然的卡蜜拉，懇求似地看著我：

「伊妲，只要殺掉瑪莉亞，王子、安還有大家就不會死，對吧？」

「伊妲，殺害瑪莉亞的計畫，把卡蜜拉排除在外吧。她絕對會向王子告密。」

我對兩人點點頭，把卡蜜拉趕出侍女房。關上門前，我沒忘記警告她。如果王子得知此事，表示告密的是卡蜜拉，也證明卡蜜拉是女巫。到時，我們會在睡著的卡蜜拉身上點火，把女巫燒出來。

然後，我們三個人商量要怎麼殺害瑪莉亞。僞裝成自然死亡或自殺，就不會遭王子鞭打。如果能弄到毒藥，便能摻進菜肴讓她吃下去，但我們沒有知識、沒有門路，甚至無法外出，想弄到毒藥實在太困難。

打算放棄時，兒時模糊的記憶中，忽然冒出一朵淡紅色的花。

是誰指著庭院盛開的花朵，說夾竹桃有劇毒？

那就像前世的記憶，曖昧不清，但一定是母親。我覺得那花是女巫為了製作毒藥而種植。

我命令老爺子抱來一堆夾竹桃枝，然後，當晚約翰娜為瑪莉亞準備串烤，這樣的大餐一定能誘引食欲旺盛的瑪莉亞上鉤。用來串肉的，是有毒的夾竹桃枝。

在瑪莉亞旁邊吃著串烤的王子，稱讚約翰娜的廚藝，也勸瑪莉亞快享用，於是瑪莉亞伸手拿起盤中的烤肉。安目不轉睛地盯著瑪莉亞的烤肉，我往她的膝蓋一捏。眾人屏氣凝神，只見瑪莉亞將夾竹桃枝拿到嘴邊，張口要咬。平常她總是狼吞虎嚥，不知為何停下手，沒把烤肉咬下來，直接放回盤子。瑪莉亞說沒有食欲，之後也沒動烤肉。王子差點吃掉瑪莉亞留下的烤肉，我一時情急，把盤子掃到地上，救了王子一命，卻挨一頓罵。

瑪莉亞識破有毒。不僅是識破，她甚至想設計主人服毒，我們太實在小看女巫。後來塔中發生的、令人全身凍結的駭人事件，也全是瑪莉亞……

啊，我不想再說下去。

討厭，光是想起那一幕，渾身就止不住發抖。一定又會聽到魔鬼的聲音，被吞入可怕的黑暗世界，如同王子那樣……

我沒能成爲王子的天使嗎？如果……如果供出這些可以拯救王子的靈魂，我願意繼續說下去。將後來目擊到的種種恐怖情景，全盤托出。

※　※　※

那天深夜，有人來敲門。

是女巫！敲門聲前所未有地粗魯，毫無停歇的跡象，不久，傳來男人的叫喊，「開門！」是女巫用男人的嗓音說話嗎？我們非常害怕，王子要我們躲進侍女房後，前去開門。老爺子已離開，爲了保護我們，王子親自一探究竟。

面對不停嚷嚷的女巫，王子回應一些話。如果回應那聲音，女巫會進來啊……剛這麼想，門「砰」一聲打開，粗暴沉重的腳步聲靠近。

或許那不是女巫，而是獵巫的騎士。我們嚇得發抖，聽見男人呼喚著：

「瑪莉亞！妳在哪裡，瑪莉亞！」

獵巫的騎士不是來抓我們，而是來抓瑪莉亞嗎？不，就算王子受到囚禁，區區一介騎士，也不可能對王子表現出如此無禮的態度。我們不知來者是誰，正感到不安時，清楚聽見男人大吼：

哥，你在搞什麼？

這個世界上，只有一個人會叫王子「哥哥」，那就是王子的弟弟，現任國王。原來男人不是女巫，也不是獵巫的騎士，而是治理這個國家的國王。

國王發現銬在床上的瑪莉亞，似乎暴跳如雷。國王咒罵王子的聲音愈來愈大、愈來愈激動，我們擔心王子會被殺，趕到王子的臥室。

國王揪住王子的衣襟，正勒住他，要他解開瑪莉亞的手銬。國王的腰上沒佩劍，看到王子按著脖子痛苦喘息的模樣，卡蜜拉大喊：

「住手！」

國王回頭，發現我們四個人，啞然失聲。

「她、她們是什麼人？怎麼會在這裡？」

果然，國王並不曉得，王子將我們這些女巫的女兒藏在塔裡。

國王暴怒，壓倒王子跨坐在他身上，吼著「你給我解釋清楚」，掐住他的脖子，把他的腦袋一下又一下往地上撞。

這樣下去，王子會死掉。我們剛要跑過去制止，國王忽然停手。

「難不成這些女人也是……」

趁國王喃喃自語，有人拿時鐘砸他的後腦勺。國王的喉嚨擠出噁心的叫聲，覆蓋王子般慢慢崩倒，一動也不動。

四下寂靜得彷彿時間停止，卻遭瑪莉亞的慘叫打破，血淋淋的時鐘從卡蜜拉手中滑落，掉到地面，發出沉重的聲響。

我回過神，抱起倒在地上的王子照顧他。王子表情歪曲，激烈嗆咳，我撫摸著他的背，後方忽然有人推開我。又是卡蜜拉。

「主人，是我救了您。」

卡蜜拉的語調比平常高上一階，歌唱似地說：

「請看，國王已駕崩。王子，您將返回城裡，登基成爲這個國家的國王。」

卡蜜拉濕潤的眼眸凝望遠方，臉頰泛起玫瑰紅。她似乎在想像王子坐上玉座，自己在旁邊像王后般微笑，向人民揮手的模樣。

「喏，這下妳們明白我不是女巫，也沒遭魔鬼附身了吧？」

卡蜜拉彷彿發高燒，滔滔不絕，看起來完全著了魔。她沒注意到啞口無言的我們，兀自講個不停。

「保護王子的不是伊妲，而是我。因爲我才是主人最重要的人。」

如今回想，卡蜜拉應該是太焦急。她想強調自己能爲王子做任何事、想立下功勞——爲了守住即將被我搶走的首席地位。

不過，事態並未依卡蜜拉想像得那樣發展。

王子總算停止咳嗽，坐起身。我在他眼中看到絕望。

「妳怎麼……搞出這種事？」

王子啞聲低喃，垮下肩膀。

「王子，爲何您不稱讚我？我爲了主人……」

「卡蜜拉，妳知道自己幹了什麼好事嗎？妳殺害國王啊，不可能平安無恙的。」我出聲提醒。

「無所謂，伊妲。只要是爲了主人，我甘願被火燒死。」

「不是妳一個人被燒死就能解決。」

「一切……都完了……」

王子的呢喃聲陰沉得彷彿從地底爬上來，撩撥起我們的不安。

「主人，這是什麼意思？我們不是能離開這座塔，回去城裡嗎？」

「不，會抓去審判吧。」

「主人會接受女巫審判？」

「王子也會被火燒死嗎！」

安瑪麗叫道，王子露出疲憊的笑，說避不開刑罰。

「主人，殺害國王的是我。主人沒犯下任何錯，爲什麼非受懲罰不可？」

「即使動手的是妳，民眾也會認爲我該負起責任。」

囚禁在塔中二十年的王子侍女，殺害王子的弟弟國王，任何人都會懷疑身爲兄長的王子。

「況且，把妳們藏在這裡的事，只有我和老爺子知道。單是這件事曝光，我就得負起責任。」

「怎麼這樣……主人居然因我們受罰……啊啊，都是我的錯！我竟犯下無可挽回的錯……」

卡蜜拉崩潰哭倒，我替她問王子：

「難道不能當一切都沒發生過嗎？」

「一切都沒發生過？」

「國王沒帶家臣就上門。我們可以藏起屍體，當國王沒來過。」

王子思索片刻，還是搖頭：

「沒辦法。他告訴王后要來找哥哥，如果他沒回去，頭號嫌犯就是我。遲早會有人來接他。」

王子命令我收拾行李，說再也無法回來。王子打算出發進城。可是，違反禁令離開這座塔，會罪加一等。

「王子，請給我一點時間，我詢問神該怎麼辦。」

王子聳聳肩膀，我在他面前跪下，雙手交握閉上眼，乞求神明引導。

我誠心誠意祈禱，卻聽不見神的聲音。王子等不及，親自動手收拾行李。我焦急萬分，幾乎要掉淚。不管我再拚命呼喚，都沒有神諭降臨，反倒是艾莉卡的聲音不停在腦中嗡嗡作響：

帶著瑪莉亞逃離這裡……

瑪莉亞目睹國王慘死，打擊過大昏倒，還躺在地上。看到她的模樣，我頓時醒悟。打一開始，神的啓示就擺在眼前。

「王子，說是瑪莉亞殺害國王，而不是卡蜜拉，如何？」

王子繼續收拾行李，瞥一眼昏厥的瑪莉亞，嗤之以鼻。

「神諭那樣指示嗎？」

「如果來接瑪莉亞的國王，是被瑪莉亞殺死，王子就沒有責任。因爲瑪莉亞是女巫，把她送上法庭，一定會判處火刑。」

「瑪莉亞會否認殺人，況且她親眼看見卡蜜拉動手。」

「那麼，封住瑪莉亞的嘴巴就行。說是瑪莉亞殺害國王後，服毒自殺。我們的房間裡儲存許多有毒的夾竹桃枝。」

王子停下手，直盯著我：

「伊妲，妳眞是可怕的女人。」

「只要能保護王子，讓我放棄當天使，變成再怎麼可怕的女人或魔鬼都無所謂。我本來會跟家母一起被燒死，若不是王子救助，也沒有現在的我。報恩的時候到了。」

大概是我的話打動王子，他像在沉思，默默不語。

「但弟弟死在這裡，不管我怎麼辯解，都會引起懷疑。」

「把屍體搬到塔外吧。當成是國王離開途中遭瑪莉亞殺害，就沒問題。幸好國王進來後，門閂還沒放回去。而且國王一個人進塔，表示守衛不在，對吧？」

「妳們對外面的世界一無所知，辦得到嗎？」

「為了主人，我們一定會辦到。神會守護我們。」

「請讓我們效勞。即使遭獵巫的騎士發現，受到殘忍的拷問，為了主人而死，卡蜜拉也是得償所願。」

卡蜜拉放聲哭泣，安瑪麗和約翰娜跟著哭起來，我的眼中也滾出淚水。王子逐一端詳我們……

「卡蜜拉、約翰娜、伊妲、安瑪麗，妳們說不記得當初來到塔裡的經過。」

望著彼此淚濕的臉，我們點點頭。

「之前的記憶像罩上一層霧，模糊不清，想不起來。這座塔裡的生活、與主人一同度過的時光，就是我們的一切。」

「這樣啊。如今回想，眞是一段漫長的時光。」

「居然就這麼結束……主人，卡蜜拉不願意！」

「我想繼續為主人做更多美味的菜肴。」

「爲了主人和小寶寶，安什麼都願意做。」

「不管付出任何代價，我們都要保護王子，還有在這座塔的生活。」

或許是大受感動，王子露出似哭似笑的表情。

「妳們……」王子喃喃著，低聲笑起來，愈來愈大聲，最後爆發。王子瘋狂地笑，卻頻頻拭淚。我們圍繞王子，輕撫他的背。

王子又哭又笑，有些疲累，終於抬起頭對我們微笑，開口：

有樣東西，恰恰能用來搬運屍體。

我們解開瑪莉亞繫在床上的手銬，塞住她的嘴巴。

四個女人要搬運兩具屍體太困難，我們決定讓瑪莉亞用走的。然後，我們將夾竹桃枝熬出的毒液裝入水壺，打算逼瑪莉亞在塔外喝下。

準備就緒後，打開塔門一看，夜晚的空氣溫柔地撫過臉頰。

近二十年沒離開過塔半步，在有些青澀、又有些甜蜜的夜晚空氣圍繞下，我陶醉地閉上眼。儘管毫無記憶，身體每一細胞卻感到無比懷念，歡喜得顫抖。幽暗中微微搖曳的市街燈火，遠方傳來的蟲鳴及草葉沙沙聲、拂過肌膚帶著濕氣的鮮嫩的風，一切都那麼新鮮又令人懷念，刺激著五官，彷彿快讓人憶起什麼。

朝門外踏出第一步的瞬間，我緊張到淌下冷汗。舉起燭台環顧四周，確定沒有人影，我把瑪莉亞拖到樓梯，要她站好。在我身後，卡蜜拉、約翰娜和安瑪麗合力搬運裝國王屍體的旅行箱。通往地面的階梯長得遙無盡頭，雖然各處都有燈火，但半途就融入黑暗，看不見終點。從上方俯視，感覺好似會遭吞沒，教人卻步。我以燭台照亮後方三人的腳邊，協助她們小心抬下旅行箱。

如同王子所說，那個旅行箱正適合用來搬運屍體。箱子是長方形，尺寸很大，像貝殼一樣以鉸鏈開闔，恰巧可裝進小個子的國王。

當王子取出旅行箱時，我非常驚訝。

首先，我完全不曉得有那個旅行箱。

我負責塔內的清掃工作，自認此一狹小空間裡的物品，不管是櫥櫃或抽屜的每一角落都一清二楚。我做夢都沒想過，塔裡有我不知道的東西。我怎會遺落這麼大的旅行箱？

另一點是，明明根本不知道旅行箱的存在，我竟覺得似曾相識。

看到王子搬出旅行箱，我的心臟猛然一跳，像被揪緊胸口，非常難受，於是急忙轉開目光。我曾在別處瞧見這個色澤暗沉的旅行箱，不記得在塔裡看過，應該是在之前的生活中看過，或接觸過極相似的旅行箱。想喚起的記憶無法成形，如流沙滑走。為想不起感到焦急，胸口隱隱作痛，但既然會引發這麼大的不安，顯然絕非溫馨的回憶。不僅是我，其他幾個女人似乎也對旅行箱有所感應。

後方傳來一聲輕叫，同時我的腳部遭到撞擊，滾落階梯。安瑪麗承受不住重量，放開旅行箱。距離平台只剩幾步，幸好沒受傷，但由於發出叫聲，王子過來查看。

確定我還能走後，王子拿起燭台，另一手抱住瑪莉亞，領頭前行。雖然不想讓王子暴露在危險中，但平常幾乎沒機會搬運重物的三個女人恐怕抬不動，於是我幫忙抬起旅行箱。

碰到旅行箱的瞬間，我一陣毛骨悚然。這個旅行箱彷彿會喚醒我不願回想的記憶。實在太可怕，我連忙轉移注意力，又覺得遺忘重要的事，心緒紛亂。

我不去想多餘的事，專心注視王子的背影，跟在後面。蠟燭的火光下，王子投射在牆上的影子，因摟住瑪莉亞的腰，看起來像有兩隻手和四隻腳的雙頭怪物。

瑪莉亞順從得詭異。目睹國王的死，她震驚過度，整個人恍恍惚惚。突然間，瑪莉亞回頭看我，塞住的嘴巴奇妙歪曲。下一瞬間，瑪莉亞倒向王子，兩人的影子猛烈搖晃。王子沒倒下，扶著瑪莉亞站直，但再次回到王子身後的影子，變成比雙頭怪物更駭人的東西。

在王子身後搖搖晃晃的影子，長著兩根角和尖耳朵，及如蝙蝠般巨大的翅膀。

是魔鬼。

王子被魔鬼附身。

這時，我想起認得旅行箱的理由。

我被自己的叫聲驚醒，看見黑暗中朦朧浮現的淡紅色花朵。

燭火幽幽照亮的，是我們要老爺子採來的夾竹桃枝。這是堅硬床鋪一字排開的侍女房。

我跪倒在地，手肘撐在床板上，雙手合十。我似乎在祈禱中，落入短暫的睡眠。四下張望，卡蜜拉也是相同姿勢，腦袋一頓一頓地打瞌睡。安瑪麗趴在床上吸吮拇指，約翰娜躺在地上打鼾。

剛才那是什麼夢？

逼真得一點都不像夢。莫非那是神的啓示？

冷汗淌過背後，在不安的驅使下，我離開侍女房，前往王子的臥室。途中聽到聲音，我停下腳步。

浴室裡有人。

背對我的女人，正從男人臀部抽出一樣東西。那是掛著好幾個小人偶的盒狀物品。

我躡手躡腳靠近，從背後抓住捏緊盒子的女人的手。

女人尖叫回頭，是瑪莉亞。

她的前方，一個上身赤裸的男人肚子卡在浴缸邊緣，身體折成兩半，頭栽進滿水的浴缸。

不用看臉也知道，那是王子的背影。

王子趴倒在水中，一動也不動，脖子和肩膀有遭人按住的痕跡。

「不是我……」

瑪莉亞顫抖著搖頭低喃。我一把推開她，將她趕出浴室。

趕來的卡蜜拉、約翰娜、安瑪麗和我一起把王子從浴缸拖出來，拚命呼喚，搖晃身體，但王子沒恢復呼吸。

我抬起頭，對上微微顫抖的瑪莉亞目光。

「妳和魔鬼聯手殺害王子？立刻讓王子復活！」

我憤怒地撲上去，瑪莉亞尖叫，手中的東西掉落地面。

「啊，那個……」

約翰娜指著地上喊道。

「那一定是施法的道具。瑪莉亞用它唸咒後，國王就出現。」

瑪莉亞神色大變，想撲向前。我搶先一步踹飛那玩意，將瑪莉亞壓在牆上。

「把王子還來。如果妳是女巫，一定能用巫術讓死者復生。」

瑪莉亞裝傻，否認自己是女巫。面對她的厚臉皮，我非常憤怒，抓起夾竹桃枝毆打她。瑪莉亞四處竄逃，我大喊著讓王子回來就放過她，但她不理，所以我毫不留情地痛揍她。卡蜜拉、約翰娜、安瑪麗也加入，口口聲聲喊著，「把王子還來！」所有人聯手，瘋狂地拿樹枝鞭打瑪莉亞白皙的皮膚。

究竟經過多久？我發現瑪莉亞一動也不動，不禁停下手。

卡蜜拉肩膀起伏喘氣，望向瑪莉亞問，「死了嗎？」

我觸摸瑪莉亞確認脈搏，搖搖頭，「這麼細的樹枝，打不死女巫。」

「伊姐，怎麼辦？怎樣才能讓主人活過來？」

六隻眼睛向我懇求，她們渴望神諭。

請讓王子復活吧，我當場跪下祈禱。

但神沒聆聽我的願望，又是艾莉卡的聲音回應：

「不可以殺瑪莉亞……」

我才不會上當。艾莉卡是魔鬼，神的旨意一定與魔鬼的耳語相反。

我緩緩張開眼，告訴其他人神的啓示。

「只要除掉瑪莉亞，王子就能復活。」

沒錯，一定是這樣。

爲了王子，這次一定會用最適合女巫的方法，取瑪莉亞的命。

我們將昏倒的瑪莉亞抬上床，銬住她的手，然後在周圍堆夾竹桃枝，最後派約翰娜去廚房拿油。

我將油澆淋在瑪莉亞全身。瑪莉亞對潑在臉上的油產生反應，睜開眼睛，但似乎無法理解自身的處境，看著夾竹桃枝的目光迷茫。然而，她注意到安拿著燭台，在我的命令下逼近，便一口氣清醒，臉龐恐懼得歪曲：

「住手！」

瑪莉亞渾身是油，哭求饒命。安回頭看我，我對尋求指示的她點點頭，冷酷下令：

「安瑪麗，點火燒死瑪莉亞。這是神的旨意。」

「安！絕對不行。要是那麼做，大家都會死。」

「別聽女巫胡說八道，會被業火焚燒的只有女巫。」

安走近床鋪，把燭火湊過去。不知爲何，瑪莉亞突然露出笨拙的微笑，討好地開口：

「安，等一下！我曉得妳想知道的事。」

「安想知道的事？」

「是誰向那個男的告狀，說小寶寶是老爺子的小孩？」

安驚訝地停下手：

「咦，是卡蜜拉吧，不是嗎？那會是誰？是誰向王子撒那種謊？」

「不要走進女巫的圈套。安，快點火……」

「咦，騙人，伊姐怎麼可能做那種事？伊姐，她騙人的吧？」

「安，就是她，是伊姐告的密。」

「當、當……當、當然是騙、騙、騙、騙妳的……」

明明剛才還崇拜地看著我，安的眼神倏地變冷，浮現猜疑與失望。

「不只是安，去密告約翰娜講我壞話的，也是伊姐。」

「怎麼會……伊姐，是眞的嗎？」約翰娜問。

「不、不是……約、約翰……不、不、不是……」

「我都聽到了。因爲我一直待在那個男的身邊，我聽得一清二楚。」

「閉、閉、閉、閉、閉……」

我想大叫「閉嘴，妳這個女巫！」舌頭卻轉不過來。在無處發洩的煩躁下，我推開卡蜜拉和約翰娜，從安瑪麗手中搶過燭台。

我將蠟燭高舉到頭上，瑪莉亞驚駭得瞪大眼尖叫。

多麼大快人心，神的旨意不可能敗給女巫。要是舌頭靈活，我也想吶喊，讓這女人知道，神是護佑著我的。

燭火靠近時，瑪莉亞別過臉，死心般閉上眼。剛要在瑪莉亞栗色長髮上點火，背後忽然傳來男人的聲音：

「住手！」

王子回來了……

我用全身感受著願望成眞的歡喜，克制淚水回過頭。

然而，出現在眼前的，是與王子毫不相似的陌生男子。

【瑪莉亞】

媽的，差點眞的沒命。

拜託，要不是叔叔過來，我恐怕早被宰掉。

這些人實在有夠可怕，腦袋有病。那根本是瘋子的眼神。吼，什麼火刑，未免太誇張，玩眞的啊？

那幾個歐巴桑以爲人是我殺的，氣得跟什麼似的，就說不是我嘛。

我去的時候，那個噁心大叔就死掉了好嗎？

可是，她們卻亂打我一頓，要是眞的點火，人家……啊，一想到就忍不住發抖。腦袋糊成一片，全身痛得要命，搞不好我快不行了。

我絕不會放過她們。雖然覺得「變態阿宅王子去死！」可是，那些臭歐巴桑更應該死一百萬遍。也不想想是幾歲的歐巴桑，什麼卡蜜拉、安瑪麗，搞屁啊？洗腦宗教嗎？

咦，什麼叫不是？

叔叔，你知道？是說……你是誰？怎麼會跑來這裡？

「我接受家長的委託，來尋找他們的女兒。」

「咦，眞假？難道大叔是偵探？我媽僱你來的？這麼一提，那老頭說外面有個男人叫住他問話，在尋找失蹤女孩，原來就是你。欸，你是偵探，應該知道人是誰殺的吧？」

「誰殺的……？」

「那個大叔的胳臂和肩膀似乎有瘀青，但看上去沒什麼傷口，表示有人將他按進浴缸溺死的吧？那些歐巴桑對那傢伙絕對服從，而且感覺女人的力氣沒辦法……難不成是老頭殺的？」

「十點多離開後，他就沒回來。」

「對嘛，老頭晚上都不在。而且他怕大叔怕得要命，就算在也不敢動手吧。假如不是老頭，就是那四個人中的誰殺的嘍？她們都叫那個醜八怪大叔『王子』，把他當成真的王子一樣服侍。」

「他遇害時，妳不是在這裡嗎？」

「嗯，可是在那之前，我看見卡蜜拉打死憲人，好像嚇昏了，後來的事記不太清楚。醒來時，房間裡沒半個人影，手銬也沒繫在床上，我覺得應該趁機快逃。不過，我突然瞄到那傢伙倒在浴室，屁股口袋露出我的手機吊飾。剛要拿回，伊妲就跑來，然後……」

「妳一定嚇壞了吧……對了，妳怎麼會跑來這裡？」

「我跟憲人碰面，才剛道別，那個叫王子的大叔就來搭訕。然後，他說憲人找我過去，我一上車，就被帶到這裡。那些歐巴桑喊他主人之類的，差點沒笑死我。搞什麼，這是歐巴桑咖啡廳嗎？還給我扣上手銬，實在讓人焦急。因爲根本沒想到憲人的哥哥會監禁我嘛。」

「憲人是妳的朋友嗎？你們年紀相差很多。」

「也不算朋友啦，是在某個地方認識，見過幾次面。欸，憲人眞的死掉了吧？叔叔，你看到憲人的屍體沒？他沒有又活過來之類的吧？」

「對，他去世了。爲何這麼問？」

「爲什麼……也沒有啦。啊，我是覺得，因爲我叫他來，才害他被殺……我在他的語音信箱留言到一半，約翰娜就搶走手機。咦，叔叔怎麼知道我在這裡？我的手機沒開GPS啊。」

「我在尋找的不是妳。」

「啥？」。

「當然，女兒沒回家，妳的父母恐怕擔心得不成人形。我有個年紀跟妳差不多的女兒，雖然最近她連話都不怎麼跟我說。」

「噯，那不重要。叔叔到底在找誰？」

「我的委託人，是飯田惠利香的父母。」

「那是誰？咦，莫名其妙，這裡又沒有叫飯田惠利香（Iida Erika）的女生……啊，飯田……不會吧，難道她就是伊妲？」

「對。」

「眞的假的？最神經的一個耶。就是她煽動另外三人，想殺死我。大叔是個小孬孬，只要我對他凶一點，他就什麼都不敢做，可是伊妲眞的很恐怖。叔叔說她爸媽在找人，意思是她離家出走，待在這邊？她哪是會離家出走的年紀啊？殺死變態阿宅王子的，會不會也是伊妲？這麼一提，我好像看到伊妲對大叔發飆。不過，地點是在外面的樓梯，應該是做夢吧。」

「妳昏倒後，眞的差點被帶出去。」

「咦，你怎麼知道？」

「我分別聽過她們的說明。弟弟被打死，害得那個人走投無路。雖然動手的不是他，但若是讓凶手自首，其他祕密也會曝光。爲了阻止事情敗露，他命令女人把弟弟的屍體搬出去，當成是妳殺的。」

「嗄，什麼跟什麼？這怎麼可能嘛。」

「他們設想的劇本，似乎是要讓妳在屍體旁服毒自殺。當然，這是打算滅口。為了拯救主人，她們拖著意識不清的妳，試圖將裝著王子弟弟屍體的旅行箱搬到外頭。」

「我的天哪，那我怎麼會得救？」

「是啊，大概是那個旅行箱，及外面世界的風、氣味和聲音，讓她們想起被封印的過去。」

「啥？」

「飯田惠利香跟妳一樣。」

「一樣？什麼一樣？」

「跟妳一樣，是被綁架來的。」

「騙人……」

「不僅是飯田惠利香，這裡的每一個女人都是受害者。」

「騙人，這怎麼可能？她們都開開心心地服侍變態大叔，上手銬的只有我。要是想逃，她們隨時都能逃走啊。」

「她們被洗腦，相信大門從外側上鎖，即使出去也會遭到獵巫，活活燒死。」

「她們是提過獵巫之類的，可是，連小學生都知道是唬人的吧？」

「飯田惠利香是在十九年前被綁架，當時才五歲。」

「咦，眞的假的，那麼小就……一直被關在這裡？」

「我接到她父母的委託，回溯過去、調查案情，發現和埼玉這裡鄰接的茨城、栃木和群馬，也發生過小女孩失蹤的懸案。」

「那是卡蜜拉、約翰娜和安瑪麗？」

「她們恐怕就是失蹤的神居蘭子（Kamii Ranko）、米原花（Yonehara Hana）和安藤眞理（Ando Mari）。其中兩人的住家附近，當年有人目擊到十分相似的可疑車輛。我從那輛車著手，循線查到大路一浩（註）。我拜訪他家，發現玄關門鈴拆掉，敲門也沒回應，屋內一片寂靜，以爲沒人在。不過早上我抓住他下班回家的父親，說明正在尋找下落不明的女孩，雖然只有短短一瞬間，但他一臉狼狽，於是我心想，裡頭有一定有鬼，便追查大路父子。」

「等一下，父親……？」

「妳們口中的『老爺子』大路靖男，是一浩的親生父親。」

「騙人的吧？那麼，他根本知道兒子監禁小女孩嗎？」

「靖男的下巴和手臂都有傷吧？他看上去個性就很儒弱，害怕遭兒子毆打，便一直視而不見吧。甚至在退休後，還不斷提供快四十歲的繭居族兒子生活費。剛才我跟蹤他出門，發現他在深夜的便當工廠上班。」

「眞是莫名其妙，憲人不曉得這些事嗎？」

「妳的朋友大路憲人，跟父親和哥哥似乎處於斷絕關係的狀態。母親逝世後，父親在他讀高中時再婚，但一浩對繼母帶來的小孩性騷擾，所以很快離婚。後來，父親和兩個兒子搬進這一幢集合住宅，一浩變成繭居族，憲人高中畢業就離家。比起哥哥，憲人正常許多，不過他會與妳援交，在性方面果然有問題……嗯，是所謂的戀童癖吧。」

「連援交都發現了。」

「我不清楚一浩是怎麼曉得弟弟和妳的關係，但我聽說一浩性擾騷繼妹時，是憲人插手救人，或許一浩對此懷恨在心，想藉由搶走妳來報復弟弟。拐來的少女都長大成人，可是妳還很年輕。」

「那個變態阿宅眞的噁心到爆。連警察都找不到人，叔叔你眞的好厲害。」

「一點都不厲害。如果能更早發現……如果我以找親生女兒的心情進行追查，就不會

註：大路一浩（Ouji Kazuhiro）的姓氏「大路」與日文中的「王子」同音。

演變成這樣，實在愧疚。」

「欸，這是集合住宅吧？怎會沒人發現？隔壁應該聽得到鞭子的抽打聲之類的吧？」

「以前的住戶會彈琴，曾加裝隔音。而且，由於房屋嚴重老朽，從不久前，這幢建築就幾乎沒人住。」

「所以，即使挨鞭子，她們的哀號也沒人聽見啊。對她們做出那麼殘忍的事，變態阿宅死在她們手中也是活該。是伊妲殺的吧？」

「……」

「咦，不是伊妲嗎？是卡蜜拉，還是約翰娜？難不成是安瑪麗？」

「大家一起殺的。」

「咦？」

「她們四個合力將大路一浩壓進浴缸。」

「等一下，那她們幹麼抓狂指控是我殺的？」

「她們以為妳是女巫。」

「我怎麼會是女巫？」

「她們說妳的胸口有蝴蝶狀胎記，還使用巫術讓印記瞬間消失。另外，妳藉著魔力識破下毒的肉。」

「天哪，眞驚險。那肉果然有問題？安一直盯著肉，我就知道一定有鬼，幸好沒吃下去。」

「不管是對妳，或是她們，這都是萬幸。她們口中的蝴蝶胎記是什麼？」

「不是胎記，是刺青貼紙啦，不管是誰都能隨時撕下丟掉。居然因爲那種東西被當成女巫抓去燒，眞誇張。」

「中世紀的獵巫，似乎會把疣、痣，甚至痘子當成女巫的印記，爲此拷問無辜的女人，任意處刑。據說，獵巫是民眾的不安高漲，引發的集團歇斯底里，即使在現代，還是可能發生。」

「不過，明明是她們四個殺人，怎麼推給我嘛，未免太奇怪了吧？」

「她們沒有殺害那個人的自覺。」

「啥？」

「她們承認一起把大路一浩壓進浴缸，但主張是爲了救他，將附身的魔鬼趕出他的體內。」

「神經病啊，什麼意思？」

「大路一浩將拐來的女孩塞進行李箱，搬到住處。然後，將她們囚禁在行李箱裡，直到她們乖乖聽話，才放出來。她們之前的記憶都很模糊，應該是爲了活下去，把那段恐怖的記憶封印、切割開來。豈料，搬運憲人的屍體時，看到行李箱，那些記憶瞬間恢復。飯田惠利香在戶外樓梯指著一浩大叫，『他是魔鬼！』女人陷入恐慌，放聲哭喊，一浩急忙帶她們回屋內，進行安撫，想蒙混過關。但飯田主張把她們塞進行李箱的，是王子體內的魔鬼，堅持不妥協。雖然現在是秋天，天氣還這麼熱，一浩大概是急著在今晚丟棄屍體，便承認如同伊妲說的，那不是他，而是體內魔鬼幹的壞事。爲了驅趕寶貝王子身上的魔鬼，她們將他按進水裡。一切都是要保護心愛的王子。」

「這不是很奇怪嗎？要是爲大叔對她們做的事抓狂，聯手殺害他，還能夠理解，但怎會是爲了心愛的王子？你說她們是被拐來的，是騙我的吧？」

「我怎麼可能騙妳？」

「她們全身上下都表現出『我超愛王子、我愛死王子』，甚至不惜耍骯髒的手段，把別人踹下去，也要吸引綁架自己的男人的注意，未免太莫名其妙了吧？」

「把別人踹下去？」

「剛才爲了阻止安瑪麗，我說是伊妲向大叔告密，指稱安肚裡的孩子是老頭的……」

「其實不是嗎？」

「我沒騙她，但也不是眞話。告密的不只伊妲一個人，卡蜜拉和約翰娜偷偷跑來找大叔，說出一樣的話。至於約翰娜的事，一樣是約翰娜以外的三個人在不同時間來跟大叔打小報告，向他強調只有自己站在王子那邊、自己比任何人都重視王子。如果她們眞的跟我一樣是被拐來的，怎麼可能都想變成綁架犯心目中的第一？」

「斯德哥爾摩症候群，妳聽過這種病嗎？」

「那是什麼？」

「斯德哥爾摩的銀行曾發生一起搶案，強盜劫持人質據守在銀行時，人質竟協助歹徒，幫忙舉槍瞄準警察，甚至在獲釋後仍爲歹徒講話。其中，甚至有人質向歹徒表白愛意，跟歹徒結婚。」

「怎麼會這樣？」

「據說，加害者與被害者在封閉的空間內，長期共同經歷非日常的體驗，有時被害者便會對歹徒產生共鳴，萌生信賴與愛意。」

「她們也是這樣嗎？」

「不完全相同，她們受暴力與恐懼支配，遭到洗腦了吧。一浩讓她們相信，他是被囚禁在塔裡的悲劇王子，她們的母親是恐怖的女巫，徹底否定她們的過去，建立起獨特的扭曲世界觀。徹底遭到洗腦的少女，不期然地協助後來的少女的洗腦工程。」

「原來她們眞的以爲，這裡是一座塔……」

「如果不相信黃鶯集合住宅的五〇一室爲一座塔、大路一浩是王子，她們就沒辦法保護自己吧。」

「……」

「唔，怎麼？」

「我只是在想，假使這裡是塔……布覆蓋的那扇窗外會是怎樣的景色？像小時候住過的地方嗎？或者，是一座廣場，有著女巫遭受火刑的中世紀街景？」

「不知道……我沒問她們這個問題。」

「我……還是無法原諒她們，因爲我眞的嚇得半死。可是……要是五歲就被帶來這裡，或許麻里亞（Maria）也會變成跟她們一樣，想把新來的人燒死。」

「那麼一來，在妳想像中，遮住的窗外會是怎樣的景色？」

「不曉得，不過……大概是天空吧。」

「天空？」

「嗯，如果……是藍天就好了。」

獻祭之羊

眼皮上，光一閃一閃跳動著。

原來我坐在窗邊打瞌睡，沐浴著校園樹葉間灑下的閃爍光珠——假寐中，我吸入滿腔鮮嫩的空氣，然而，實際上竄入鼻腔的，卻是一股強烈的惡臭。

我彈坐起，看不見窗戶、桌子或黑板，眼前只有一堵灰牆。那道骯髒的牆壁，在伸手可及之處，四四方方地包圍我。閃閃發亮的不是璀璨碎陽，而是在天花板不規則明滅的日光燈。

昏暗中，我凝目細看，牆壁猥褻的塗鴉下方有個門把。張開雙腿，捲起的短裙底下露出白色馬桶。

我似乎坐在公共廁所的馬桶上睡著。

放學後去晴香家喝酒，回家途中忽然想吐，所以衝進公園廁所嗎？

瞄一眼手表，快深夜兩點。

我驚訝地站起，剛要開門跨出去，腳踝一陣刺痛，身體被拉回原位。望向左腳，我心頭一驚。腳踝上竟扣著手銬，跟生鏽的管線繫在一起——

我還在做噩夢嗎？

提心吊膽地伸手一摸，手銬冰冰涼涼，質感真實，告訴我這是現實。我掙扎著試圖解開，但手銬十分堅固，一動也不動。

醉意和睡意登時全消，我觀察周圍。這個地方我毫無印象。總覺得門外有個神智失常的危險人物，正屏息斂氣，手持刀刃，暗自竊笑。我一陣毛骨悚然，尋找起裝著手機的書包，但地上只有菸屁股和滿出垃圾桶的衛生棉，完全沒看到手機或手銬的鑰匙。

我明明應該在晴香家。跟篤志、尚人他們聚在一起喝酒後，大夥仗著醉意，前往赫赫有名的荒廢洋館試膽，眞的目擊恐怖的東西……

不，不對，看到那東西是一星期前的事。

昨天，去試膽的成員相聚，熱烈討論當時的情形。

大夥猜測在洋館發現的東西，是不是有人獻給羊目女的祭品？

篤志只顧著和晴香交談，一次也沒正眼瞧我。所以，我只好不停灌酒，喝得醉醺醺。

雖然記憶斷斷續續，但回家時應該跟平常一樣，是篤志送我的。就算我喝醉，是一個人回去，如果途中遭到攻擊，應該會記得。然而，我沒有這樣的記憶，怎會被銬在骯髒的廁所裡？

前陣子我們小吵一架，若是篤志在懲罰我，打開門笑問，「嚇到了吧？」不知該有多好……這只是樂觀的期望。雖然外表吊兒郎當，其實篤志骨子裡正經嚴肅，不可能搞這種惡作劇。

我伸手想抓門把，卻差一點，搆不著。放聲叫喊會有人來救我嗎？還是，將我銬在這裡的歹徒會先現身，讓我體驗可怕的遭遇？

喀嚓，傳來詭異的金屬聲，我忍不住尖叫。

「是誰！」

我忐忑地問，卻毫無回應。只聽到日光燈閃爍的滋滋聲，及激動到幾乎快衝破胸口的心跳聲。

不過，附近有人。豎耳傾聽，幽暗中感覺得到隱約的呼吸聲。

「求求你，救命！」

我對著應該在門前的男人拚命懇求，然而——

「怎麼回事？」

回應我的不是粗厚的男聲，出乎意外地，是清澈尖銳的女聲。

我轉向聲源處。左牆另一側稍遠處傳來聲音，有人在那裡，得救了。我左手敲著牆壁大喊，「救命，我的腳被銬住，出不去！」

沒有反應。在公廁突然聽到有人這麼說，任誰都會起戒心。我調匀呼吸，冷靜下來，準備開口解釋時，女人緊張的話聲傳來：

「記得是誰將妳銬在這裡的嗎？」

「不記得，我……」

說到一半，我把話吞回去。爲何這麼問？只因對方是女人就放下戒備，向對方求救，但也許她正是把我銬在這裡的人，或是歹徒的同夥。在三更半夜的公廁裡，遇到正常女人的機率微乎其微。

「難不成……是妳把我銬在這裡？」

沒有回答，金屬聲再次於黑暗中迴響，我心臟猛然一跳。

「放我出去，我是高中生，沒有錢……」

噫！傳來分不出是叫喊或嘆息的聲音，我渾身一顫。

那低沉的聲音顯然比剛才靠近。沒有腳步聲，只有話聲靠近？

「抱歉，我會保持安靜。求求妳，放我出去。」

我壓抑恐懼懇求，一樣是極近的距離傳來回答。

「妳在說什麼？」

這聲音低沉到彷彿從地底爬出來，宛如遭魔鬼附身般的音質和語氣，與方才截然不同。由於近得像只隔一道牆細語，我不禁發抖，盡量遠離左牆，但在過小的廁間裡，根本無處可躲。

我背脊發涼，覺得自己在一片幽暗中，隔著廁所的牆，與另一個世界的某種生物對峙，彷彿隨時會有可怕的東西，從牆壁和天花板的空隙探出頭，並翻越過來。明明不想看，卻不敢別開目光。

「我受夠了，立刻解開手銬！」

我再也無法承受，忍不住大叫，遠處又傳來聲音。

「如果可以，我也想幫妳，但沒辦法。」

聽起來有些怯意的清脆嗓音，是一開始回應的年輕女人。

「妳、妳有鑰匙吧？如果妳肯救我，要我做什麼都行，眞的。」

「就算我有鑰匙也救不了妳，因爲……」

女人發出「鏘鏘」的刺耳金屬聲，接著道：

「我的腳也被銬住。」

「咦！」

更令人難以置信的是，極近距離傳來隨時像要哭出來的低沉聲音：

「我也被銬住，這是在搞什麼啦？」

從她們的話聽來，嗓音沙啞的女人在我隔壁廁間，一樣被銬著。一開始說話的女人，是在隔一間過去的廁間，同樣被銬住。

原來不只有我一個人，我頓時放下心。然而，三間並排的公廁裡，分別監禁著一個女人，情況顯然不尋常，感覺危機重重。

我想起一部電影，描述連續殺人魔將監禁的年輕女子依序逐一殺害，忍不住打起哆嗦。我試著回想女主角怎麼逃出生天，但腦海浮現的全是求饒的女人慘遭虐殺的場面。

我甩開恐怖的影像，詢問歹徒是怎樣的男人，兩人都說沒看到歹徒的臉，似乎跟我一樣，一睜開眼就發現被銬著，也不記得怎會來到這裡。

「真的很不妙耶，怎麼辦？要大叫看看嗎？」

「嘴巴沒堵起來，會不會求救也無人出現？」

如同左端的女人說的，我放聲大喊，也敲過牆壁，卻不見有人來救援。難不成這座公廁，悄然獨立在大叫也絕不會被聽見的荒僻地點？

歹徒在什麼地方、又在做什麼？

如果叫我在腦袋不正常的男人，和怨靈之間挑選，我肯定會毫不猶豫地選擇怨靈。

直到剛才，我還爲不屬於這世界的存在體恐懼萬分，此刻卻覺得活生生的人比怨靈殘忍、恐怖好幾倍，讓我求生不得，求死不能。

「要怎樣才能離開？沒人有手機嗎？」

「別那麼大聲，搞不好他就在附近。」

隔壁女人提醒道。大概是菸酒過度，她的嗓音沙啞，說話時拖著尾音，聽不出年齡。

左端的女人問她：

「妳看到歹徒了嗎？」

「沒有。」

「那妳怎麼知道是男的？也可能是女的啊。」

「妳以爲女人會做出這種事嗎？一定是男的嘛。」

「就算是這樣，妳滿口的『他』，把不曉得是誰的歹徒叫得這麼親密，未免太奇怪。」

左端的女人雖然害怕，但似乎相當冷靜理智。

「其實，我隱約知道歹徒是誰。」隔壁的女人說。

「咦，是誰！」「是誰？」

我反問的聲音，和左端女人的重疊在一起。

「今天晚上，我坐在公園長椅和男性朋友聊天，他回去以後，我一個人抽菸，腦袋突然被人從後面重重敲一記……」

女人啞聲解釋，她一醒來，就被銬在廁所。她沒看見是誰打的，但似乎心裡有數。

「我跟某個男人有點糾紛。他對我有好感，曾表示『爲了明明妳，我可以去死』……」

「跟蹤狂？」

「嗯，大概是那種感覺。」

果眞如她敘述，歹徒是跟蹤狂，感覺比連續殺人魔好一些。只是，我不懂那個人爲何要將迷戀的「明明」以外的女人，一起銬在廁所。

「妳們是不是認識他？」

我問那個男人叫什麼，明明回答「尾賀宏樹」。

「妳們知道K市的羊丘公園嗎？他在那附近的超商打工……」

我沒聽過這個人，但那家超商在晴香家附近，我去過幾次。

「難不成那個人滿高的，臉很黑，留長頭髮？」

「對對對，妳果然認識嘛。妳和阿宏是什麼關係？」

「咦，他只是我偶爾會去的超商店員。」

「眞的嗎？那妳怎會遭到監禁？」

我才想問咧。去那家超商時，我多半和朋友同行，吵吵鬧鬧的，或許給店家添不少麻煩，但不記得惹過什麼事。左端的女人說，她童年住在羊丘公園附近，但當時沒有那家超商，所以她根本不知道。

「這樣啊……我還以爲是阿宏，莫非是別的男人？」

我實在不懂，這女的怎能那麼親熱地叫跟蹤狂「阿宏」？儘管身處這種狀況，卻沒多少緊張感，或許在她眼中，那個超商店員沒太大威脅。

「別的男人？妳還有候補人選嗎？」

第一個說知道嫌犯可能是誰的，不是明明，而是左端的女人。

「把我銬在這裡的不是男人，其實是羊子，眞行寺羊子。妳們一定也是遭到羊子陷害。妳們認識吧？綿羊的羊，羊子。」

不，完全不認識。意外地，左端的女人似乎是頗一廂情願的人。我問爲什麼她會懷疑羊子，她回答：

「因爲直到剛才，我都還跟羊子在一起。」

她跟那女人見面時，喝過保特瓶裡的茶，忽然覺得不舒服昏倒，醒來時已在這邊的公廁。

「八成是羊子趁我講手機時，在我的保特瓶裡下藥。」

「欸，妳做了什麼會被羊子監禁在廁所的事嗎？」

「才沒有！是那女人用骯髒的手段，把他從我身邊搶走！」

左端的女人發出淒厲的叫聲，像要越過牆壁咬住明明。

聽起來，羊子是左端的女人在新宿商務旅館職場上的晚輩，她一直很信任、照顧羊子，豈料，羊子卻破壞她和未婚夫的感情，把男方據爲己有。

「這只是妳的男人花心，受那女的吸引吧？」

「才不是那樣！要不是我遭到那個惡女陷害，水嶋絕不會跟我分手。我們的關係是特別的。」

女人滔滔不絕地說明，未婚夫會離開，是目擊喝醉的她和其他男人進入飯店，但她是被設計的，那男人是羊子的朋友。她花了半年的時間，憑著一股執念找出銷聲匿跡的男人，逼他招認是接受羊子委託。然後，她拿證據與羊子對質。

「羊子害怕我向水嶋揭露她的陰謀，於是把我監禁在此。她裝出一副清純的模樣，其實是心肝黑到不行的女人。之前還說什麼『千子和水嶋眞是天造地設的一對』……啊，我必須快點離開，告訴他羊子是多麼貪婪、邪惡、殘忍、冷酷、危險的女人……」

比起叫羊子的女人，我覺得著魔般講個不停的這個女人更危險。就算羊子眞的爲這種理由監禁她，除非封住她的嘴，否則她仍會洩漏出去。況且，什麼遭到設計、男友被搶走，莫非根本是她偏執的誤會？

左端的女人遣詞用句彬彬有禮，十分拘謹，確實像飯店員工，但一提起前未婚夫，立刻像變了個人。名叫千子的女人，或許因未婚夫被搶走，精神失常。明明可能有同感，戰戰兢兢地問：

「雖然不曉得我們是從哪裡被搬過來的，但憑一個女人的力量，應該辦不到吧？」

「那個狡猾的臭婆娘，一定是教唆男人幫忙。絕對沒錯，這還用問嗎？」

「可是，我和明明都不認識羊子，也不記得跟她結仇。」

醒來之前，正在跟某些人見面，這一點頗令人介意。但按常理來想，應該是同一名歹徒監禁我們。男人也就罷了，實在不可能是遭不認識的女人銬在這裡。

「妳們應該與羊子有過交集。喂，羊子，妳就在那裡吧？」

千子突然怒吼，粗魯地敲起廁間牆壁。

「開門！我知道是妳幹的，立刻把門打開！」

千子大喊著，我一陣不安。真正的歹徒聽到聲音，或許會折返。剛要叫她閉嘴，她忽然發出驚呼。

「不見了。」

「喂，怎麼啦？」

「什麼東西不見？」

「戒指……跟羊子碰面時，分明還在。怎麼辦，那是去年生日他送我的寶物，絕不能弄丟。欸，有沒有在妳們那邊？」

每個廁間的牆壁，底下僅有約一公分的空隙。耳環也就算了，戒指那麼容易鬆脫嗎？

「拜託，請妳們找找看。」

「會不會是歹徒拿走？我的耳環和婚戒都在。」

我有些意外，詢問明明結婚了嗎？她說有個女兒。

「咦，妳幾歲？」

「幾歲啊……那不重要啦。」

我逼問想敷衍過去的明明，她答稱三十多歲。

我也詢問千子的年紀，卻只聽見物品碰撞聲，像在找東西，沒有應話。但我換個問法，打探她是幾歲生日收到戒指，她立刻回答「二十四」。

電影裡，會成為連續殺人魔下手目標的，全是年輕漂亮的女人。由於牆壁阻隔，看不到臉，但同一名男子抓來的女人，包括十幾歲的高中女生、二十幾歲的粉領族和三十幾歲的主婦，年紀相差這麼多，難道不奇怪嗎？

或者，監禁在這裡的，不是依男人的喜好挑選的三個人，而是有某些共通點？

我提出推測，明明的語氣有些不悅。

「喂，我外表比實際年輕十歲好嗎？以前我當過模特兒。」

我認為那不重要，催促她思索有什麼共通點。明明嘖一聲，不情願地說：

「羊丘公園呢？我們不是都住在附近？只是，左邊那位是小時候住過。」

「我家離公園又不近，是我朋友住在羊丘公園旁邊，我才常去那裡。」我反駁道。

「羊丘公園？」

彷彿把垃圾桶都翻過來的千子，咬住這句話。

「搞不好戒指是在那裡弄丟的。」

「那裡？遭到監禁前，妳在羊丘公園嗎？」

「只是經過。我說的『那裡』，是指位於坡道最頂端，小丘上的洋館。」

羊目女的洋館！

「咦，妳是在那棟洋館裡，遭羊子下藥？」

千子說「對」，明明驚慌地回一句「騙人」。

「那裡從十年前起就禁止進入……」

化成廢墟的洋館大門上了鎖，高牆環繞，但後面有個地方可翻牆進去。

「一週前，我們進去過。」我出聲應道。

「咦，我是直接走大門。」

洋館巨大的門雖然腐朽，仍堅固無比，上面應該有個大鎖，但千子表示沒看到類似的東西，一推就開。

「居然闖進去，眞不敢相信。那裡非常危險，不是因爲老舊、破破爛爛，而是眞的很恐怖。」明明補充道。

聽晴香提過，傳聞那棟洋館曾住著一對美麗的姊妹花，彼此殘殺。但明明說不僅如此，還死過不少人。

「妳們幹麼跑去那種地方？」

「我們是去試膽。」

一群人酒後興沖沖跑去，期待能經歷媲美遊樂園鬼屋的恐怖體驗，然而，那令人毛骨悚然的詭異氣氛，立刻讓我後悔。

明明沙啞的嗓音又低一階：

「莫非……妳們召喚了？」

「召喚什麼？」

「羊、羊目女。」她提心吊膽地喃喃，話聲有些發顫。

晴香曾告訴我，這一帶的孩童都知道羊目女的都市傳說，似乎很早以前就在此地流傳。半夜進入洋館的六角形房間，把門打開十公分左右，重複三次「羊目小姐，我是獻給妳的祭品，請收下」，靜靜等待片刻，門縫中會出現羊目女的臉。在被羊目女抓到前，講三遍代替自己的人的名字「我的替身是××」，××就會在一星期內被切斷腳死掉。萬一沒講出口，當事人會被羊目女吃掉，是極爲常見的都市傳說。

「都幾歲人了，妳眞的相信那種事？」

明明彷彿打心底害怕，沒拖長尾音，不停歇地回答：

「傻瓜，羊目女眞的會出現，絕不能抱著好玩的心態亂召喚啊。」

就算她這麼警告，我們也已召喚出來。

一起闖進洋館的篤志、晴香、杏子、尚人和我，依據猜拳的結果，最輸的我站在六角形房間裡召喚羊目女，說「我是獻給妳的祭品」。我以手電筒照亮門縫，稍等片刻，但什麼事也沒發生，準備離開時，各處傳來古怪的聲響。原以爲是其他人在屋外敲打牆壁及窗戶嚇我，便跑到窗邊拿手電筒照外面，卻沒看見人影。這時，背後傳來「嘰……」的聲響，我嚇得回頭，應該只打開十公分的門，竟完全敞開，好似有人剛進入這個房間……

感覺有東西靠近。

吧嗒、唰……吧嗒、唰……

那拐著一腳行走般的恐怖聲響嚇壞我，我甚至不敢拿手電筒去照，連忙拔腿衝出房間……

「什麼羊目女，只是都市傳說，眞夠白痴的。」

千子語帶不屑，但明明反駁「才不是」。

「那我問妳，妳實際召喚過羊目女嗎？」

「沒有，可是我朋友……」

「那個人拿去獻祭的替身羊，眞的被殺了嗎？」

明明答不出來，陷入沉默。我打趣地問，「羊目女是姊妹花的哪一個？分明是美女，卻是羊眼，不是很怪嗎？」我想緩和氣氛，可是沒人笑，空氣變得益發凝重。此時，千子有點喜孜孜地說：

「不是姊妹之一，傳聞有另一個同父異母的姊姊或妹妹在那裡當傭人，羊目女就是那個女人。」

「咦，眞的假的？是三姊妹互相殘殺？」

「不，據傳她的屍體在土倉庫深處的牢房被人發現。比那對姊妹的命案發生時間更晚。」

「有人監禁她，並殺了她？」

自稱調查過洋館命案的千子，頗喜歡這類話題，開心地回答：

「很遺憾，這一點並不清楚。傭人聽說以前設有牢房，沒想到仍保留著，發現時已過了太久，沒辦法驗出死因。」

「爲什麼會覺得她是羊目女？」

「除了她以外，還找到三名男性屍體。」

「什麼？」

「那三人的腳都被切斷……沒有腳。」

「欸，不要再聊這類話題啦。在眼前的狀況下聽到那些事，感覺羊目女眞的會出現，好可怕。」

明明泫然欲泣，千子嘲笑道：

「怎麼可能出現？羊目女是基於現實發生的命案，創造出的共同幻想。雖然我在六角形房間召喚羊目女時，也期待她眞的存在。因爲我聽見拐著腳走路的聲響……」

「拐著腳……走路的聲響？」

我覺得洋館中步步近逼的詭異腳步聲就在身後，忍不住回望後面的牆壁。

「傳聞死在牢房的女人不良於行，走路時都拐著一隻腳。所以，在黑暗中聽見瘸拐的腳步聲時，我直覺認爲是羊目女。」

一陣戰慄竄過皮膚底下，原來千子聽到相同的腳步聲……

「我……我也聽到了。」

我忍不住坦白，隔壁廁間傳來倒抽一口氣的聲音，「噫！」

「妳們都召喚羊目女了？」

明明的話聲沙啞得厲害，千子滿不在乎地回答：

「是啊。如果能不弄髒自己的手就除掉想殺的人，誰不想試試？」

「妳……把別人當成替身羊？」

「當然。只是，代替我的羊一星期後仍活蹦亂跳，腳也沒被切斷。居然相信羊目女會幫我殺掉祭品，我真是傻……」

明明輕聲打斷千子的話：

「我懂了……」

我問她懂什麼，得到沒有感情的回覆，「我們的共通點。」

祭品——明明乾燥的話聲在幽暗中迴響。

「我們……我們是祭品，才會被關在這裡。」

儘管沒有風，我卻覺得瞬間撲來一股濃稠的丹桂香氣。

遠處傳來咯咯咯的壓抑笑聲，而且愈來愈大聲。是千子在笑。

「我們怎麼會是祭品？妳腦袋還正常嗎？」

明明沒回話，她所在的廁間傳來細微的金屬聲響。是手銬和管線撞擊的聲音嗎？她大概在發抖。可能是她的恐懼鑽進地板縫隙感染了我，我非常不安，於是問千子：

「欸，妳在洋館聽到的拐腳走路聲，有沒有追著妳？」

「沒有。一開始聽起來像在走近，但我講三遍祭品的名字後，立刻離開並關上門，便沒聽到腳步聲。難不成妳被追趕？」

「我離開六角形房間時很慌張，沒關門。或許是這樣，衝到外面後，腳步聲不停追來，拐腳走路聲逐漸逼近背後……」

我以爲是篤志或尚人在惡作劇，但一回頭，手電筒的光圈掃過一頭凌亂的黑色長髮，我嚇得差點跌倒，總算撐住，拚命逃跑。但我腦袋一片空白，忘記報出替身羊的名字。我在漆黑的洋館中徘徊，被逼到樓梯底下的平台時，才忽然想到，將大路憲人的名字反覆念三次。我在交友網站認識他，這件事曝光，害我和篤志吵架——儘管我會援交賺錢，都是爲了送篤志夢想中的吉他當生日禮物。

念完替身羊的名字三次，羊目女卻沒消失。

腳步聲逼近到幾乎可抓住我的肩膀，我嚇得逃上二樓，卻不小心踏穿腐朽的階梯，掉下儲藏室，被揚起的灰塵嗆得咳不停。此時，背後感到一道視線……我膽戰心驚地轉移手電筒，光圈中浮現的——不是羊目女的臉，而是一具化成白骨的屍體。

「那裡也埋著腳被切斷的男人？」

千子大聲問，我解釋骨頭是女人的，腳沒被切斷。這件事上了報，警方查明是九年前失蹤的女性屍骨，不是羊目女那個時代的。

「我不記得看過這則報導。眞奇怪，怎麼會遺漏？可是，古老成那樣，應該很難查出身分和死因吧。」

「報上寫著，骨頭驗出藥物殘留，所以是毒殺。」

屍體上沒有可證明身分的物品，但從纏繞在指骨的金鍊皇冠型墜飾，查到女屍是九年前失蹤的九鬼千砂子，二十四歲。

「晴香她們認爲，這個人可能是獻給羊目女的祭品。」

「意思是，她是替身羊？但她的腳沒被切斷吧？」

「腳會被切斷的說法……」

一直沉默的明明忽然開口，話聲卻頗僵硬。

「我覺得應該是最近才傳出來的。小時候，大家只提到羊目女會來殺掉祭品。」

如同明明推測的，都市傳說會在流傳的過程中被加油添醋，逐漸變形。聽到這段話，千子嚴肅地呼喚明明：

「妳是想說，就算腳沒被切斷，那個女人也是羊目女殺的？妳眞心這麼想？」

「我沒這樣想啊，因爲也不是那樣嘛。」

「不是那樣？什麼意思？」

「我覺得說出別人的名字當替身羊，羊目女就會去殺那個人，天底下才沒那麼好的事。」

「咦，不都是這麼傳的嗎？」

「所以，都市傳說往往愈傳愈奇怪。一開始，我也這麼以為，但聽說宰殺祭品是獻祭的人的職責，而不是羊目女會去殺人。要拿別人代替自己獻祭，必須親手宰殺替身羊。相反地，一旦獻上祭品，羊目女便會保護獻祭的人，就算殺人也不會遭到逮捕，不會被任何人發現。」

「這是聽誰說的？誰告訴妳的？」

明明不吭聲，千子不耐煩地重敲一下牆壁：

「好好回答我！剛才妳提到，召喚羊目女的是妳朋友，那是騙人的吧？如果妳的話是眞的，表示妳親手殺掉自己的替身羊？」

我似乎聽到明明嚥口水的聲音。

「我下不了手，最後我朋友……」

明明放棄掙扎般長嘆一口氣，低聲娓娓道來。

國二時，明明和好友一起前往洋館，輪流召喚羊目女，說出想殺死的對象。要回去時，以前在洋館工作的老婦人發現兩人，質問是不是召喚出羊目女，她們不小心點頭承認。老婦人告訴她們，坊間流傳的都市傳說全是胡扯，叫她們不准再來，除了剛剛提過的內容，還補上一句更可怕的話：

「妳們要羊目女收下自己這個祭品，又報出替身羊的名字吧？然而，獻祭卻不宰殺，一開始說是祭品的人，就會被羊目女吃掉靈魂。」

雖然難以置信，但自稱有沖繩靈媒血統的老婦人，聽得到羊目女的聲音。爲了平息羊目女帶來的災禍，她曾獻上祭品。儘管老婦人殺了人，但也許是羊目女保佑，甚至沒人懷疑她是凶手。不過，當下她心中的重要情感跟著一起死去。

不宰掉替身羊，自己就會被殺——

明明的替身羊，是第一個交往的年長男人。那個男的非常壞，千刀萬剮也不夠，明明卻無法下手，痛苦不堪。於是，她和同樣無法動手殺害替身羊的好友，決定交換殺人。

好友叫出明明的男人，把他從屋頂推下去。她成功殺人，要求明明完成應盡的義務，可是，明明就是下不了手。好友害怕羊目女，關在房間不敢出門，打電話給明明，又是懇求，又是責罵。某天電話講到一半，她突然慘叫一聲，跳下陽台摔死。她的母親說，女兒不知在害怕什麼，四處逃竄。爲了逃離看不見的東西，才會摔下陽台。

明明對朋友的死感到自責，精神失去平衡。

只有和男人上床時，她能夠忘掉內心的不安。爲了那一瞬間的平靜，即使是別人的男人，也滿不在乎地搶走。就像上癮，她和許多男人發生關係，又招來怨恨，害怕自己可能會變成別人的替身羊，陷入惡性循環。

「阿宏其實不是跟蹤狂，是我的外遇對象之一。他發現我還有許多男人，頓時抓狂。全怪我不好，這也是沒辦法的事。」

「妳自我陶醉個什麼勁啊？」千子不耐煩地打斷明明的自述。

「妳的事一點都不重要。如果不殺死祭品，自己就會被殺，這是妳亂講的吧？」

「是眞的。除了我朋友以外，我也聽過好幾個例子。」

「意思是，我會被殺？開什麼玩笑！早知如此，我就親手宰掉羊子。」

「殺人那麼容易嗎？」我喃喃自語，千子聽到後，厲聲斥責：

「少說風涼話，妳也報出替身羊的名字了吧？」

報是報出名字了，但我實在不可能殺害大路憲人。

「如果妳願意，我替妳殺掉替身羊怎麼樣？」千子提議。

「咦？」

「交換殺人啦。要是羊子死掉，警方頭一個就會懷疑我，所以妳能幫我是最好的。不過，妳得確實取她性命。若是像中間那個女人，只想拿好處，卻不肯弄髒自己的手，我會宰了妳。」

「這話實在太過分，我也是一直過得很痛苦。跟那個老婆婆一樣，內心的重要情感一起死掉了。」

「是什麼重要情感？妳不是活得好端端的嗎？我也要殺掉羊子活下去。一旦羊子消失，水嶋和我就能恢復原本幸福的關係。」

「會不會那男人希望死掉的是妳，而不是羊子？看妳那樣糾纏不休，根本是跟蹤狂。」

「妳懂個屁！那枚皇冠造型的戒指，是水嶋特別爲我訂做的定情戒，我才片刻不離身地戴著……」

「難道妳被甩掉後，還一直把戒指戴在左手無名指？未免太恐怖了吧。」

「飯店員工禁止佩戴婚戒以外的戒指，所以我把戒指當成墜飾，穿過鍊子戴在身上。我本來打算一直戴到他的誤會解開……偷走戒指的一定是羊子。我得殺掉那個女的，拿回戒指。」

有什麼勾起我的注意，但明明和千子對罵不休，妨礙我的思考。

「那種會下藥迷昏人的狠角色，妳有辦法殺掉嗎？我覺得羊子比妳高竿太多。」

「我要殺了她。爲了水嶋好，我絕對要殺掉那個女的。」

「兩個都給我閉嘴。」

我不想繼續聽下去，忍不住大喊：

「欸，冷靜一下好嗎？妳們都失控了。又不是三歲孩童，聽信陌生老太婆的話去殺人，未免太莫名其妙吧？」

「妳在講什麼？不殺人就會被殺啊！」

「不會啦。就像妳說的，世上根本沒有羊目女。」

「有啦！」明明在隔壁叫著，「妳不也被她追殺過？妳看到長頭髮的女人了吧？」

「那應該是晴香。雖然她否認，但可能是騙我的。他們聯合起來嚇唬我。」

「怎麼可能！我的朋友眞的被殺了耶。」

「那應該是自殺吧？一定是承受不住羊目女的恐怖，和殺人的罪惡感。羊目女又不存在，不可能殺人。」

不只是明明，連那麼瞧不起傳說的千子，都開始主張她在六角形房間感覺到人的氣息，還聽到腳步聲，世上一定有羊目女。

「可是，沒人清楚看到羊目女的臉，對吧？只是進去那幢詭異的洋館，恐懼的心理製造出羊目女的幻影罷了。」

我也一樣。驚恐時看不出來，但聆聽兩個害怕的人交談，我發現這個事實。世上根本沒有羊目女，大家都是害怕自己的心魔製造出的黑影，被牽著鼻子走而已。

「那麼……妳如何解釋現況？」

千子把手銬弄得鏘鏘響。

「咦？呃……這……」

我頓時語塞，望向繫住手銬與管線的銀色鐵鏈，想起剛才介意的疑點。

「欸，剛剛妳提到皇冠造型的戒指？妳弄丟的是把戒指穿過金鍊子，當成墜飾的飾品……是嗎？」

「咦？對，我把皇冠造型的鑽石戒指穿過鍊子……啊，戒指在妳那邊？」

難道……可是……

「千子，妳的本名叫什麼？」

「幹麼？妳問這做什麼？」

「不會是九鬼千砂子吧？數字的九、魔鬼的鬼、千顆砂礫的千砂子。」

「妳怎麼知道我的名字？我們在哪裡見過嗎？」

要說見過……或許是見過。

千子剛要開口，明明尖聲制止，「噓！」日光燈閃爍的滋滋聲響之間，混進別的聲音。

吧嗒、唰、吧嗒、唰、吧嗒、唰……

昏暗中，瘸拐的詭異腳步聲慢慢逼近。

我捂住嘴巴，動彈不得。逐漸逼近的腳步聲，在稍遠處倏然停住，下一瞬間，門「砰」一聲打開，同時傳來千砂子幾乎震破耳膜的尖叫。

「怎麼會……不要！不要過來！」

隔一個廁間傳來尖叫與抵抗聲，我渾身戰慄，拚命按住幾乎要敲出聲的手銬。

「咚」一聲，斬斷某種東西後，爆出一道教人想掩住耳朵的淒厲慘叫。那痙攣的叫聲消失，千子再也沒有動靜。

伴隨拖行重物的聲響，腳步聲逐漸遠離。

那恐怖的聲響在耳中迴繞不去，我半晌發不出聲，也無法改變姿勢。

我拚命推動微微發抖的下巴，總算擠出話聲：

「耳、耳環……」

「什、什、什、什、什麼？欸、欸，剛剛那是什麼？」

明明驚嚇過度哭出來，我求她將一邊的耳環從牆下隙縫丟過來。

「要、要、要耳環做什麼？」

「我、我想插進鎖孔……打開手銬……」

「可、可是……耳環那麼小……啊，這個……」

牆底下露出一朵白花。我在昏暗中凝目細看，是有小花裝飾的髮夾。

「可、可以嗎？妳自己呢？」

「我有兩根。」

我撿起髮夾，想插進鎖孔，但手抖得太厲害，怎麼也插不進去。我深吸一口氣，全神貫注要把髮夾插進鎖孔，總算抖著手辦到。忽然，隔壁傳來明明的哽咽聲：

「剛、剛才是羊、羊目女吧？我、我們果然是羊目女的祭品。她一定馬上會回來，下一個就輪到我。」

「爲什麼？朋友不是幫妳殺掉替身羊了嗎？既然這樣，等於妳已獻出祭品，所以下一個是我。」

「上次有個女的打電話來咒罵一句，希望妳被切斷腳，去死吧！」

明明說，一定是她外遇對象的妻子召喚羊目女，指定她當替身羊。接著，她顫聲問：

「剛才那是什麼聲音？她被殺死了吧？」

「搞不好……她一開始就死了。」

「妳、妳在講什麼？她不是跟我們說那麼多話嗎？」

「我應該見過她。」

「在哪裡？」

「羊目女的洋館。」

「咦？」

「上次我發現的白骨屍體，名字……也叫九鬼千砂子。」

「騙人！妳發現的那具白骨，不是九年前就死了嗎？」

「那具屍體過世時二十四歲，名字和年齡都一樣。那不是菜市場名，況且……」

白骨驗出毒藥殘留。千子被監禁前，喝茶昏過去。眞如她聲稱的，是遭到叫羊子的同事下毒，死因也吻合。

「還有，她不是嚷嚷著戒指不見？」

纏繞在白骨手指上的金鍊子——應該是喝下毒藥，痛苦撓抓脖子時扯下的。我親眼目睹上面有個小小的皇冠反射光芒，原來那不是墜飾，而是掛在項鍊上的皇冠造型戒指。男友拋棄她後，她仍隨身攜帶的皇冠戒指，為白骨女屍找回「九鬼千砂子」這個名字。

「我們在跟九年前死掉的人交談？怎麼可能……」

明明說，羊目女不會親自下手，而是會吃掉被宰殺的祭品靈魂。

既然這樣，我也死了嗎？在洋館踏穿樓梯時就死了？可是，後來我去學校，跟朋友一起玩耍，實在不可能全是幻覺。

不是耳朵，而是皮膚察覺緊繃的空氣微微震動。感知到幽暗蠢蠢欲動的氣息，全身毛髮直豎，我捏著髮夾僵住，不禁祈禱是幻聽。但遠方傳來的聲響，毫無疑問是不祥的腳步聲。

又來了。

拐著一腳，緩慢而確實，一步又一步逼近。

腳步聲更接近，有些微妙的變化。從泥土踏上堅硬的水泥地。

來到附近，從公廁的地板逼近。

在恐懼驅使下，我站起身，卻無路可逃。只能盡量遠離門口，在角落抱頭蜷蹲。腳步聲逼近到幾乎能感覺來者的呼吸，忽然停住。

嘰……我頓時全身僵硬。不知為何，提心吊膽地從指縫看到的門，並未打開。

一道宛如鳥被掐死般的尖叫，響徹四周。是明明的聲音。

那哭訴著「不要來」的低啞嗓音，很快變成激烈的抵抗聲。

明明敲牆求助的叫喊震動廁間，我幾乎要被看不見的力量壓垮。

我無能為力，甚至無法呼吸，緊繃神經顫抖著。明明緊迫的喊叫刺進耳膜：

「求求妳，住手！羊目小姐，放過我！」

咚！一道鈍沉的聲響打斷她的哀求。一秒的寂靜後，嘎啊啊啊啊啊——

明明駭人的慘叫充斥四下，幾乎像要刨開胸口。那一吼再吼、好似難忍的野獸咆哮聲，是不是銬住的腳被斬斷時發出的聲音？傳來哭喊著「好痛」的苦悶聲音，我不禁摀住耳朵。但聲音仍鑽入耳膜，愈來愈弱……只剩一團東西崩倒在地的聲響。

門打開，明明的身軀拖過公廁的地板，僅僅留下垂死的哀號——

由於看不見，隔著一道薄牆上演的地獄場景益發驚心動魄，我的情緒頓時凍結，瀕臨崩潰。我呆坐在馬桶上，好長一段時間動彈不得。神經麻木，也沒流淚。驚嚇之餘放開的髮夾掉在地上，我沒力氣去撿。眼角瞥見髮夾的白花內側寫著「須藤明穗」。

那笨拙的平假名文字，應該是明穗的小女兒寫的。白花髮夾是成熟的款式，所以「須藤明穗」一定是明明的眞名。

我盯著她遺留的髮夾上童稚的文字，「不想死」的念頭從丹田滾滾湧上心頭。

我鞭策身體，撿起小白花，顫抖的手又弄掉。我再次撿起，謹愼地把髮夾前端插進鎖孔，耐心調整角度，一次又一次反覆撥動，感覺到細微的反應。此時，遠方傳來腳步聲。

我摀住耳朵，全神貫注撥弄髮夾，但鎖像快要打開，又打不開。驚悚的腳步聲漸漸逼近。

吧嗒、唰、吧嗒、唰、吧嗒、唰——

我設法努力遠離門口，但在這個空間根本無處可逃。

然後，腳步聲眞的停在我的廁間前方。

門發出「嘰……」一聲，慢慢打開。看到門縫露出又黑又長的髮絲，我頓時全身凍結。羊的眼睛好似隨時會探進來。儘管不想看，目光卻怎麼也無法移開。我緊緊抓住裙襬，按住絕望顫抖的身體。

很快地，微開的門縫露出長髮女人俯視的臉……

那雙瞳眸——並非像羊一樣，是橫躺的細長形，而是屬於我熟悉的女孩。

晴香……？

看到不應該在這裡的晴香，我的腦袋一片混亂。

殺死隔壁間的須藤明穗，和再隔壁間的九鬼千砂子的，難道是晴香？

見晴香要踏入廁間，我嚇得不顧一切狂叫。

「喂，麻里亞，妳怎麼了？是我啊，妳還好嗎？」

是晴香一如往常的聲音。她身上沒濺血，手上也沒武器。擔心地看著我的那張臉，一點都不像殺人魔。

「晴香，眞的是妳？眞的是晴香？救命，快放我出去！」

「好，等一下，我去……」

「不能再等！在那個人回來前，趕緊我放出去。」

「麻里亞，冷靜一點。妳說的那個人是誰？發生什麼事？」

「有兩個人……被殺了……」

「咦！」晴香驚叫一聲，雙眼瞪得老大，「難道是被拿球棒的男人打死的？」

拿球棒的男人？

「剛進公園時，我看到一個拿球棒的年輕男人，焦急地走出丹桂花叢，顯然是危險人物。球棒上沾著像血的東西，尙人說要去瞧瞧，便跟在後頭……」

公園、長椅、男人、腦袋突然遭人從後面重擊——

明明的話，忽然在耳畔響起。我的腦海浮現別著白花髮夾的頭，遭人從後方拿球棒毆打的場面。她果然也死了？

「我……還活著嗎？」

「麻里亞，妳在說什麼啊？妳也被那個男的攻擊嗎？」

「不，不是男人，是羊目女……我被羊目女……」

「對不起，妳還在怕那個啊？敲牆壁嚇妳的是我們，怎麼可能有什麼羊目女嘛。」

「眞的有！就是羊目女把我銬在這裡。」

「喂，妳冷靜點，這怎麼可能？」

「那是誰把我銬在這裡？」

「是篤志啦。」

「咦？」

「剛才篤志打電話來，說他將爛醉的妳綁在公園廁所內，我大吃一驚，連忙來救妳。妳援交的事，篤志眞的氣瘋了。」

不是惡作劇，是眞心的制裁。如果是那樣……

聽到跑近的腳步聲，我的思緒戛然而止，渾身僵硬。但門後出現的是尚人，他從口袋掏出篤志給的鑰匙，插進手銬鎖孔。

「球棒男呢？」

晴香問，尚人聳聳肩應道：

「他跑進後山，我沒繼續追。那人感覺真的很危險，萬一他拿球棒揍我，可不是鬧著玩的。麻里亞，站得起來嗎？」

「不是球棒男，明明叫她『羊日小姐』……」

尚人解開我左腳上的鐐銬，一副「她在胡言亂語什麼」的眼神。

「你們看左邊的廁間！隔壁和再隔壁的廁間，有兩個女人被切斷腳抓走了！」

晴香和尚人驚訝對望，照著我的描述查看左邊。我想站起跟過去，卻使不上力，踉踉蹌蹌。我扶住牆壁，搖搖晃晃起身走出廁間，對上兩人回望的視線。他們的眼中明顯浮現怯色。

不想看，卻非看不可。

我鼓起勇氣檢查左邊的廁間，裡面——出現我的臉。

倒映在龜裂的鏡中，那張憔悴的臉底下，只有一個配管生鏽的小洗手台，沒有廁間、沒有被切斷的腳，也沒有任何血跡。

羊丘公園的女廁裡，只有一個廁間。

聽到熟悉的來電鈴聲，我回頭望去，一臉擔心的尚人遞出我的手機和包包。

「篤志拿走，我幫妳要回來了。」

瞥見手機畫面上顯示的名字，心臟微微一跳。

大路憲人——在援交網站上認識，我在洋館報出名字三次的替身羊。

不曉得發生什麼事，我接起電話後，對方略帶醉意地回答，「問我什麼事啊……？」

「也沒什麼，只是想說現在能不能見個面。」

「今天不行。」我冷漠地拒絕。

「這樣啊，明天呢？」

「明天也不行。」

我想掛手機，這才發現右手握著東西，忍不住呻吟。

是裝飾白色小花的髮夾，內側笨拙的筆跡寫著「須藤明穗」。

那不是夢，也不是幻覺。

世上眞的有羊目女。

如果不殺死替身羊，到時我自己……

千子和明明瀕死的慘叫在耳底復甦，在全身嗡嗡迴響。

我對著即將掛斷的手機低語：

我馬上過去……

參考文獻

《4％的人毫無良知　我該怎麼辦？》（The Sociopath Next Door）瑪莎・史圖特（Martha Stout）著／草思社

恠19／貪婪之羊

原著書名／強欲な羊
作　　者／美輪和音
原出版者／東京創元社
翻　　譯／王華懋
編輯總監／劉麗真
責任編輯／陳盈竹（一版）、張麗嫻（二版）
總 經 理／陳逸瑛
榮譽社長／詹宏志
發 行 人／涂玉雲
出 版 社／獨步文化
城邦文化事業股份有限公司
104台北市中山區民生東路二段141號5樓
電話：(02) 2500-7696　傳眞：(02) 2500-1967
發　　行／英屬蓋曼群島商家庭傳媒股份有限公司
城邦分公司
104 台北市中山區民生東路二段141號2樓
網址／www.cite.com.tw
讀者服務專線／(02) 2500-7718；2500-7719
服務時間／週一至週五：09：30～12：00　13：30～17：00
24小時傳眞服務／(02) 2500-1900；2500-1991
讀者服務信箱E-mail／service@readingclub.com.tw
劃撥帳號／19863813
戶名／書虫股份有限公司
香港發行所／城邦（香港）出版集團有限公司
香港灣仔駱克道193號號1樓東超商業中心
電話／(852) 2508-6231　傳眞／(852) 2578-9337
E-mail／hkcite@biznetvigator.com
馬新發行所／城邦（馬新）出版集團
Cite (M) Sdn Bhd
41, Jalan Radin Anum, Bandar Baru Sri Petaling,
57000 Kuala Lumpur, Malaysia.
Tel: (603) 90578822
Fax:(603) 90576622
email:cite@cite.com.my
封面設計／蕭旭芳
印　　刷／中原造像股份有限公司
排　　版／陳瑜安
●2017年（民106）1月初版
2022年（民111）3月二版
售價350元

ISBN 978-626-7073-30-8
978-626-7073-29-2（EPUB）

國家圖書館出版品預行編目資料

貪婪之羊／美輪和音著；王華懋譯. –初版. – 臺北市：獨步文化，城邦文化事業股份有限公司出版：英屬蓋曼群島商家庭傳媒股份有限公司城邦分公司發行，民110.04
面；　公分. --（恠；19）
譯自：強欲な羊
ISBN 978-626-7073-30-8（平裝）

861.57　　110021901